ハヤカワ文庫SF
〈SF1318〉

新宇宙大作戦

サレックへの挽歌
〔上〕

ウィリアム・シャトナー
斉藤伯好訳

早川書房
4593

STAR TREK
AVENGER
by
William Shatner
with
Judith Reeves-Stevens
and Garfield Reeves-Stevens

Translated by
Hakukou Saito
First published 2000 in Japan by
HAYAKAWA PUBLISHING, INC.
This book is published in Japan by
arrangement with
the original publisher, POCKET BOOKS
a division of SIMON & SCHUSTER, INC.
pursuant to an exclusive license from Paramount Pictures
through JAPAN UNI AGENCY, INC., TOKYO.

挿絵
中村　亮

〝三〟はラッキー・ナンバーである。この本は、小説三部作の第三作目だ。わたしはこの小説を捧げたいと思う三人の編集者に出会った。ケビン・ライアン、ジョン・オードバー、マーガレット・クラーク――三人とも、サイモン&シュスター社の有名な編集者である。よいことは三回つづいて起こる。驚いたことに、出版社がさらに一、二作、書けと言ってきた。わたしはまた、編集者を二、三人、見つけなければならない!

謝辞

ガー・リーブズ＝スティーブンスと
ジュディー・リーブズ＝スティーブンスには、
謝辞よりも賛辞を捧げたい。
このふたりがいなければ、わたしは何もできなかっただろう。

この作品はフィクションです。人物の名前や性格、事件の内容や場所などは作者の想像力の産物で、事実ではありません。実際に起こった事件やその現場、関係者——存命、死亡を問わず——と同じ表現がある場合は、偶然の一致です。

サレックへの挽歌〔上〕

登場人物

ジェイムズ・T・カーク………………〈エンタープライズA〉艦長
スポック………………………………ヴァルカン大使
ジャン＝ルーク・ピカード…………〈エンタープライズE〉艦長
ウィリアム・T・ライカー……………同副長
データ…………………………………同第二副長・科学士
ジョーディ・ラ＝フォージュ…………同機関長
ディアナ・トロイ………………………同カウンセラー
ビバリー・クラッシャー………………同医務長
ロルク…………………………………同保安主任
クリスチン・マクドナルド……………科学艦〈トビアス〉艦長
バーク…………………………………同機関長
アンドレア・ム＝ベンガ………………同医務長
ピニ……………………………………同通信士
チャンドラプノール……………………同操舵士
スレル…………………………………スポックの補佐官
テイラニ………………………………第二代チャル議会議長
ストロン………………………………宇宙連邦軍少佐
チトン・キンケード……………………〈ガモー・ステーション〉所長
タロック………………………………ヴァルカン人学者

プロローグ

これで終わりだ——カークは思った。

……ヨセミテで、エル・カピタンの一枚岩から落下したときに。岩壁がものすごい速さで目の前を通り過ぎてゆく……(『スター・トレック5 新たなる未知へ』参照。)。

……〈エンタープライズB〉の艦内で。〈永遠の楽園(ネクサス)〉の不可解な力にひっぱられて、防御シールドのコントロール・ルームの隔壁が波打つ。カークの身体が宇宙空間へ引き出される……(『スター・トレック7 ジェネレーションズ』参照)。

……ヴェリディアン3の地表で。裂けた金属がもつれ合う中を、身をひねって落下する。

ピカードがトリアン・ソランを射殺した……(『スター・トレック7 ジェネレーションズ』参照)。

……ボーグの本拠地で。〈エンタープライズ〉の二人の艦長——カークとピカード——

が、二人ともスイッチのレバーを引こうとした。このレバーを引けばボーグ集合体の中核（セントラル・ノード）へのエネルギー供給が断たれ、エネルギーのフィードバックが始まる。レバーを引いた者は必ず死ぬ……（『カーク艦長の帰還』参照）。

「これはわたしの使命です」と、ピカード。断固とした口調だ。「あなたの役目は終わりました」

だが、カークの進む道は決まっていた。体内にボーグの超微小ロボットを注入されたおかげで、カークは誰も知らない死後の世界から呼び戻され、生き返った。だが、その超微小ロボットが容赦（ようしゃ）なくカークの身体を蝕（むしば）んでいる。

「ピカード艦長」と、カーク。「おれはもうすぐ死ぬんだ」

おれの命は、あと一日ももたない。

だがピカードは顔色も変えなかった。

「誰でも一度は死にます」

カークの通信記章からスポックの声が飛び出した。

「〈エンタープライズ〉より上陸班。緊急収容まであと三十秒です。現在の状況は？」

ピカードとカークの目が合った。ピカードは自分の通信記章を叩（たた）いた。

「ピカードより〈エンタープライズ〉。接近を中止せよ。繰り返す――」

カークは記章に触れているピカードの手を押しのけ、自分の通信記章を叩いた。

「今の指示は無視してくれ、スポック。緊急収容を頼む」

「わたしはここを動きません!」と、ピカード。

カークはどなり返そうとして、ふと、考えなおした。

「きみは士官学校で〈コバヤシ・マル〉テストを受けたか?」

ピカードは不思議そうにカークを見た。

「もちろんです……しかし失敗しました。士官候補生には、とうてい勝ち目のないシナリオです」

カークは笑みを浮かべた。

「そう思いこまされているだけだ。だが一つだけ成功する方法がある。きみたち二十四世紀の人間には考えつかない方法だ。スポックに言わせれば、そんな方法はもはや過去の遺物だそうだが」

「妥協しろとおっしゃるのですか?」

カークは考えこんだ。

「まあ、そういうことかな」

「なるほど。ぜひ聞かせてください。どんな提案にも耳を貸すつもりです」

カークはうなずいた。

「よし」

次の瞬間、カークは渾身の力をこめてピカードをなぐった。

ピカードは鈍い音とともに床に叩きつけられた。

カークはピカードの襟をつかみ、パワー・コンジットから離れた場所まで引きずっていった。つづいて自分の通信記章を取りはずし、表面を叩いた。

「カークより〈エンタープライズ〉」

「スポックです」

カークは微笑した。じつに爽快な気分だ。

「ここは危険だ。このまま艦を近づけるな、ミスター・スポック」

手の中の通信記章を見つめた。逆三角形――宇宙連邦軍のシンボルマークのそのものだ。これは、かつては〈エンタープライズ〉専用のマークだった。だが物事に変化はつきものだ。それが世界の――宇宙の――掟だ。

宇宙の一員でいられてよかった。

「おれの通信記章に座標を合わせろ。一名を転送ビームで収容してくれ」

カークは通信記章をピカードの胸の上へ投げ、あとずさった。

通信記章が当たったのを感じ、ピカードは目を開けた。顔をあげ、何か言おうとした。だが、そのとたんにピカードは〈エンタープライズ〉が発した転送ビームに呑みこまれた。

カークはパワー・コンジットのほうへ引き返し、両手でレバーを握った。試しに少し引いてみると、意外に軽く動いた。

「まさに儲けものの人生だった」

やがて、カークは目を閉じた。

両手に力をこめ――

レバーを引いた。

突然、丸天井から耳をつんざく雷鳴のような音がとどろいた。

後ろから、足を引きずるような音が静かに近づいてくる。

カークは振り返り――

目を開けた。

そこに見たものは、チカチカ光りながらサーチライトのように床の上をなめるエネルギー・ビームだった。ビームに触れたものは何もかも、内部から照らされたように強い輝きを発して、消えてゆく。まるで転送ビームのようだ。でなければ、目盛りを〈破壊〉にセットしたフェイザーのビームだ。

頭上の丸天井が割れ、そこからまばゆいばかりのエネルギーがドッと噴き出した。カークの足もとの床（ゆか）がせりあがった。カークがフィードバックさせたエネルギーで、中核（セントラル・ノード）が破壊される前兆だ。この瞬間だけは、スポックの論理もマッコイの感情も役に立たない。行動あるのみだ。

カークは即座に反応した。あと一秒おそければ、命はなかったかもしれない。

カークは前方へ身を投げ出し、床をまさぐるエネルギー・ビームの中へ飛び込んだ。周囲の景色がゆらめいて消えた。

なんのエネルギー・ビームかはわからないが、カークはまだ生きていた——ビームの中で。

またしても、カークは落ちていった。

エル・カピタンから……。

〈エンタープライズB〉から……。

ヴェリディアン3の探査機（プローブ）発射台の足場から……。

ただひとりで、死へ向かって。

ずっと前からわかっていた——死ぬときはひとりだと。

だが、なぜわかったのか……どんないきさつで理解したのかは、知らなかった。
今までは……。

1

始まりはこのときだった。

ここから、すべてが始まった。

タルサス4で、息をするのも痛いほど冷たい風に叩かれながら、逃げたとき。

激しい吹雪が視界を埋める。ときおり雲の切れ間から二つの衛星がのぞき、荒れ狂う雪を照らし出す。足跡は、つけるそばから降り積もる雪に覆われてゆく。ジミー・カークは空腹で弱り、凍てつく寒さと恐怖に震えつづけていた。いつまでも逃げつづけることはできない。それはわかっていた。

始まりのとき――カークは十三歳だった。ただひとりで逃げていた。追手の黒い影が背後に迫る。カークは力を振りしぼって足を速めた。

捕まれば、生きてはいられない。相手は情知らずだ。必ず殺される。

積もった雪に足を取られ、カークは一面に氷のトゲが並ぶ短剣樹の幹に衝突した。痛さにハッと息を呑んだ瞬間、反動でドサッと後ろへ倒れた。

息が止まりそうになった。頰にできた切り傷から血が流れ出して、口に入ってくる。目からは涙が流れた。寒さと怒りと恐怖で、全身が痛む。どんな子供だって――いや、大人でも――耐えきれないだろう。

カークは雪の中に大の字に倒れたまま、あきらめて目を閉じた。

こちらを見つめるコドスの顔が浮かんだ。決して忘れられない顔だ。

……坊や……あきらめてはいけない……――声が聞こえた。

カークはパッと目を開け、ギョッとして顔をあげた。目の前にレーザー・ライフルの輝く銃口があるに違いない。いま耳もとでささやいた相手の顔が、何センチか離れた所にあるはずだ。

だが、そばには誰もいなかった。

カークはもがいて立ちあがった。絶対、近くに誰かいる。だが、目に入るのは黒い影になった木々のあいだを跳ねまわる鋭い光線だけだ。追手のハンドトーチの光だ。

……あきらめずに走るのだ……

うに痛む。

カークは大きく前へのめり、すすり泣いた。凍りついたブーツの中で、爪先が焼けるよ

だが、カークは走った。

カークがこの惑星に到着したとき、ここには八千人の住民がいた。コロニー惑星だ。カークの両親の友人たちが住んでいる。カークはこの人たちと半年間いっしょに過ごした。そのあと、父といっしょに故郷へ……地球へ帰ることになっていた。

ところが、ロムラン人が中立宙域で何か動きを見せたために、宇宙連邦軍士官である父の休暇は取りやめになった。父はカークを置いてタルサス4を離れた。やがて航路が閉鎖され、タルサス4に航宙船はこなくなった。

それから、あのウイルスが蔓延した。穀物が侵され、食べた動物や人間が中毒症状を起こした。今、タルサス4で生き残った住民は四千人しかいない。

手持ちの安全な食糧で生きのびるために、コロニーのコドス総督は住民の半数を殺した（『見えざる破壊者』収録「王たる者の良心」参照）。総督は掘られたばかりのたくさんの穴の前に人々を集め、〝必要な処置〟だと宣言した。穴は人々の墓だ。

カークの耳に、レーザーの発射音と悲鳴が蘇った。

住民の半数を虐殺しても、食糧はまだ足りなかった。

十三歳のジミー・カークは、この惑星に守ってくれる両親もおらず、食糧配給帳も持っていなかった。立場を代弁してくれる人もいない。二度目の殺戮で、カークは死亡者候補にあがった。「必要に迫られて、やむを得ず」と、総督は言った……。

よろよろと走るカークの全身に、一瞬まばゆい光が当たった。

見つかった――カークは転びかけた。

だが、またあの声がささやいた。近くで聞こえるのに、なぜか遠い声だ。

……あきらめずに走るのだ……

カークは頭が混乱し、よろめいた。まるで、誰か別の人間の考えが頭の中に響いたみたいだ。

光がカークを捉えた。身をよじって逃れようとしたが、光はどこまでもついてくる。カークの全身がこわばった。今にも、焼けつくようなレーザー・ビームが襲ってくるだろう……。氷と雪に足が滑り、勢いよく転倒した。両腕を振りまわし、「助けて、父さん！」と叫んだ――ひとりぼっちで。

二本の力強い腕がカークをつかんだ。

「よかった……」

優しい声が聞こえた。静かで、相手を安心させるような口調だ。どんな言葉でなだめられるよりも、気が休まる。先ほどまでカークの心にささやきかけた声が、今は肉声で語りかけてくる。

「きみを助けたい」声は言った。

この短い言葉が、以後、カークの生涯で何度も脳裏をよぎることになる。

カークは、もがくのをやめた。この声はコドスじゃない。コドスの部下でもない。

見まわすと、いつの間(ま)にか森から出ていた。夢中で逃げるうちに、航宙船の着陸場が並ぶ野原へ出てしまったらしい。

航宙船が一隻、停泊している。これまでいなかった船だ。吹雪で輪郭がよく見えない。だが舷窓や荷積みベイは、内側から洩(も)れる強い光でクッキリと浮きあがって見えた。外へ伸びる光に、横なぐりの雪がワープするときに見える星々のように筋を引いてきらめく。光を背にして、黒い人影がいくつか動いていた。梱包(こんぽう)された荷を反重力装置で降ろしている。

食糧が届いたんだ——カークは思った。これでコロニーは助かる。

カークは口では言えないほどの安堵(あんど)をおぼえ、自分を受け止めてくれた人物を見あげた。もしかしたら、父さんだろうか？　いや、違う。

「宇宙連邦軍の人ですか？」と、カーク。寒さで歯がガチガチ鳴った。

見知らぬ相手はパーカのフードを取って顔を見せた。カークの目が、相手のとがった耳に釘(くぎ)づけになった。

「あなたはヴァルカン人ですか？」カークは口ごもった。

「わたしの名はサレックだ」相手は答えた。「もう心配することはない」

一瞬、カークは男の言葉をそのまま信じこみそうになった。そのとき、背後からコドスの声が聞こえた。

「その子は目撃者です。生かしてはおけません」

カークはサレックにつかまれたまま、身をよじって振り返った。コドスは三メートルほど離れた場所で、肩に吊したレーザー・ライフルをおろした。パワー・レベルのあがった銃身が赤く輝いている。照準器にハンドトーチが付いており、その二つの光のまぶしさに、カークは目を細めた。

だが、サレックは光から目をそらさなかった。

「もう殺人はたくさんだ」と、サレック。「われわれは間違っていた」

コドスがレーザー・ライフルを構えた。

「あなたのお好きな格言はなんでしたっけ……？〝多数の利益は少数の利益に優先する〟でしたかね？」

サレックは片手でカークの手首を握りしめ、カークの身体を引き寄せた。同時に自分が前へ出てコドスと向かい合い、カークを背後にかばった。

「実験は終わらせなければならない」と、サレック。「ロムランの動きは予想外だった」

「予想外ですと？　これは大事な教訓です。不慮の事態が生じても確実に任務を実行できるよう、前もって手段を講じておくべきです。確実に、人々に悟らせなければなりません。ほかの住民と同じように、その子も殺さなければなりません」

驚いたことに、サレックは小型のレーザー拳銃を取り出し、まっすぐコドスに狙いをつけた。カークは目を見張った。コドスも驚いたらしい。ヴァルカン人が武器を人に向けるなど、自分の目で見なければ信じられない光景だ。

だがコドスはライフルを構えたまま、おろさなかった。

「きみは、あのヴァルカン船でここを去るがよい」と、サレック。

「コロニーに残っている四千人は、わたしの顔を知っています」

「きみに新しい身分証明書を支給し、別の星区への渡航手段を提供しよう」

「われわれの大義はどうなります？」と、コドス。

サレックは一瞬ためらった。

「大義は……機会をあらためて試す」

「ヴァルカン人ときたら」コドスは顔をしかめた。「あなたがたの言う〝論理〟は、臆病さを隠す仮面だ」

カークをつかむサレックの腕は航宙艦を造るデュラニウムのように強く、コドスの非難にもゆるがなかった。カークはサレックの背後から身を乗り出して、コドスを見つめた。コドスもまっすぐにカークを見返した。

「わたしが二度とここの住民に会わないとしても、この子が知っています。この子は、今のわれわれの会話を残らず聞いてしまいました」と、コドス。

「この子は思い出さない」

カークには理解できない言葉だった。コドスにとっても不満だったらしい。

「もし思い出したら?」と、コドス。

「そのときは、わたしもきみと同じ危険にさらされる。今も、わたしはきみと同じ立場にいる」

カークは震えながら様子を見守った。コドスはライフルをおろした。銃身につけたハンドトーチを取りはずし、ライフルを肩にかけて背後へ回すと、ハンドトーチで自分の足もとを照らした。光が地面へ向けられたために、周囲の影が急に長く伸びた。不気味な光景だ。影なんか、こわくない――カークは必死で自分に言い聞かせた。

サレックはレーザー拳銃をパーカの襞のあいだにおさめた。

コドスはサレックをにらみつけてから、そばへ寄り、片手をあげてヴァルカン式の挨拶をした。

「ご長寿とご繁栄を」と、コドス。

皮肉に満ちた口調だ。カークへ視線を移して、付け加えた。

「ここで見たことを誰にも言うな。言えば、わたしには必ずわかる。ヴァルカン人も、いつまでもおまえを守ってはくれない。いつかはおまえも一人になる。覚えておけ。おまえが一人になった日こそ、おまえが死ぬときだ」

サレックがカークを引き寄せた。サレックに触られると、なぜかカークは急に逃げ出したくなった。闇に溶けこみはじめた森へ駆け戻りたい――自分でも理解できない、奇妙な衝動だ。

「総督よ、立ち去るがよい。いずれまた会おう」

「大義のために、あなたが間違っていないことを祈ります」

コドスは二人を押しのけ、大股に着陸場のヴァルカン船へ向かった。

カークはコドスの後ろ姿をじっと見送った。震えはおさまったが、恐怖と怒りは消えない。

「どうして、あいつを逃がすんですか?」と、カーク。

サレックはカークを見おろした。目が、ほかのどの部分よりもはるかに年老いて見える。

「わたしには息子がいる。きみより二歳ほど年上だ」

まったく、子供を相手にするときの大人の話しかたときたら……。そんなこと、ぼくの質問にはまるっきり関係ないじゃないか。カークはサレックにつかまれたまま、もがいた。

「あいつが逃げます! あなたが逃がしたんだ!」

サレックの手は固く、カークの力では振りほどけなかった。

「誰も自分の運命から逃れることはできないのだ、若い地球人よ」と。サレック。「コドスも、わたしも」

十三歳の地球人少年は、ヴァルカン人のことなどほとんど知らない。知っているのは、同じ年ごろの仲間とかわす冗談に出てくるヴァルカン人の姿くらいだ。だが、サレックの言葉にこめられた悲しみの色は、カークにも充分に感じ取れた。

「ぼくは、どうなるんですか?」と、カーク。不満げな口調だ。子供だからって、いいかげんにあしらわれるのはゴメンだ。

サレックは手袋の先を歯で嚙(か)んでひっぱり、手袋をはずして、タルサス4の寒風に片手をさらした。

「未来のことは誰にもわからない」と、サレック。

不意にカークは、サレックと二人でどこか別の場所にいるような気がした。灼熱の砂漠か、静まりかえった森の中か……。目の前の中年のヴァルカン人が、急に何世紀分も歳をとったように見えた。血色も悪く、しなびている。

カークは変な幻を振り払おうと、頭を振った。

「ぼくには、自分の未来がわかってます」と、カーク。憤然とした口調だ。

「では、わたしにもその未来を見せてくれ」

サレックが手を伸ばした。カークの顔のどこかに、指を触れようとしているらしい。

「何をするんですか？」

カークは不安になった。ヴァルカン人の不思議な超能力の話はいろいろと聞いている。姿を変えたり、空を飛んだり、中には――

「シーッ」サレックが声をひそめた。「きみの心とわたしの心が……」

サレックの指先がカークの顔に触れた。電気が走ったような感じがして、カークの身体から急に力が抜けた。まるで、すべての感情がサレックの指で押し出されてしまったみたいだ。誰かほかの人間の目を通して、外を見ている感じだ。見える……ゴル平原かな？赤い砂漠かな？　カークの知らない言葉が聞こえた。自分の考えが他人の考えと混じったみたいだ。

「わたしたちの心は一つになった」サレックの単調な声が聞こえた。ささやき声がカークの名をたずねた。つづいて、サレックが声に出して言った。「わたしたちは一つだ、ジェイムズ・カーク」

ちょうどそのとき、カークの頭の中に一人のヴァルカン人の少年の姿が現われた。見えただけでなく、存在が感じられた。鋭い顔立ちの十代の少年だ。そばに地球人の女性がいる。

カークには発音できない少年のヴァルカン名が、頭の中にひらめいた。突然、カークは悟った――この人の心とぼくの心が溶け合ったんだ。あの砂漠はヴァルカンの砂漠だ！男の子はこの人の息子だ！　ぼくは今、このヴァルカン人の頭の中を見てる！

カークは驚き、あっけにとられ、興奮した。この異星人の思考や言葉の意味に呑みこまれそうだ。もっとほしい。もっと見たい。もっと知りたい……。

だが、何かに引き止められた。

いけない、ジェイムズ・カーク。――サレックの思考がささやいた。この精神融合は知識を増やすためのものではない。知らないほうがよかったことを、きみに忘れてもらうためのものだ。

いやだ。——カークは思った。

忘れるのだ。——サレックが命じた。

「忘れるもんか」と、カーク。

だが、もがいても無駄だった。カークのその夜の最後の記憶は、意外な事実を発見して考えこむサレックの姿だった。カークは、自分の息子に似ている……

カークの心の中に、新たな自分の姿が浮かびあがった。ボーグの本拠地から、どこかへ向かって落ちてゆく。

今度は、誰の腕が受け止めてくれるのだろう？

2

こんなはずではなかった。

ピカードは痛感した。

〈エンタープライズE〉のブリッジ・クルー全員が、イラ立っているとピカードは感じた。〈エンタープライズE〉は猛烈な勢いで宇宙空間を飛んでいる。前方をゆく宇宙連邦の僚艦に向けて――宇宙連邦軍航宙艦〈ベネット〉に向けて、すべての武器をロックしたままだ。

〈エンタープライズ〉のブリッジで、ピカードは艦長席の肘掛けを握りしめ、なんとか任務に集中しようとした。

この状況はまさに崖っぷちだ。ひとつ判断を誤れば、取りかえしのつかないことになる。誰も修復できないような。

操舵席のアンドロイド士官データがこの巨大なソヴェリン級航宙艦を傾け、秒速五百キロ以上のスピードで迫る小惑星を巧みに避けた。艦体が震動した。〈エンタープライズE〉の最高速度にはほど遠いが、アルタ・ヴィスタ星系の小惑星帯の中では、これ以上のスピードは出せない。

小惑星は艦の防御シールドに当たって撥(は)ねのけられた。だが艦と小惑星の運動量の交換が不完全なため、内部緩衝装置の作用がわずかに遅れ、ブリッジ・クルーはみな片側へ傾いてゆさぶられた。〈エンタープライズE〉は二十一世紀にさかのぼってボーグと戦ったあと、新(あら)たに防御シールド・アレイを装備した。だが、そのあとで二つの航宙用防御シールドの動きがピタリとそろわなくなってしまった（『スター・トレック　ファースト・コンタクト』参照。ボーグの手で、〈エンタープライズE〉の防御シールド用パラボラがボーグ間ビーコンに改造された）わずかなズレだが、腹立たしい。

防御シールドがアンバランスなため、艦は不安定に震動する。そのたびにピカードは、現在の宇宙連邦軍が抱(かか)える問題を意識した。〝簡単な問題が解決できない〟という点だ。全艦隊があまりにも広範囲に配置されているため、物資の補給に時間がかかる。基本的な補給や交換部品がなければ、〈エンタープライズ〉の天才的な機関長ラ＝フォージュもすばらしい腕を発揮できない。

「アルタ・ヴィスタ二五七に接近しています」データが報告した。

ピカードは命じた。「牽引(トラクター)ビーム用意」

自分でも、無駄だとわかっていた。視野の隅に、副長席ごと振り返るウィル・ライカーの姿が映った。

「トラクター・ビームでは役に立ちません」と、ライカー。

「宇宙連邦軍の航宙艦に向かって発砲するつもりはない」と、ピカード。必要以上に怒りがあらわになった。今にも感情を抑えきれなくなりそうだ。

ライカーは艦長から目をそらさなかった。

「ピカード艦長、こちらに選択の余地はありません。封鎖を突破されるわけにはいきません。ここで取り逃がせば……」

最後まで言う必要はなかった。全員が、その先の言葉を知っている。最後まで言えば、反抗的だと見えかねない。

「取り逃がせば、宇宙連邦宙域全体に汚染が広がる」ピカードが、ライカーの代わりに言った。

前方のメイン・スクリーンに映る小惑星の群れが、めまぐるしく回転した。二つのデコボコした炭素質の岩のあいだをすり抜けるため、データが〈エンタープライズ〉をすばやく回転させたらしい。隙間は狭く、岩はどちらも、〈エンタープライズ〉の十倍の大きさだ。

隙間から出ると、前方に、三日月形に光を受けた小惑星が見えた。アルタ・ヴィスタ二五七だ。長さは十五キロ、主にニッケルと鉄でできている。相手の艦は、この小惑星の陰に隠れた。〈エンタープライズ〉のセンサーに捉えられたくないのだろう。

ピカードは命じた。

「データ、艦速八分の一インパルスで接近。コース変更、マーク八－七。この方向から近づけ」

アンドロイドのデータの指が、航宙コンソールの滑らかなコントロール・パネルの上を超人的な速さで動いた。

「艦長、それはいちばん遠回りのコースです。こちらがトラクター・ビームをロックしないうちに、〈ベネット〉が逃げだす恐れがあります」

急に、ピカードの胸に言いようのない悲しみがこみあげた。艦長席の左側で、カウンセラー席のディアナ・トロイが顔をそむけた。ピカードのさまざまな感情を感じ取ったに違いない。だが、邪魔をしたくなかったのだろう。艦長の気持ちはわかっても、トロイにはどうしようもない。ほかのクルーにも、どうしようもない。

「〈ベネット〉は逃げない」と、ピカード。「ここは小惑星帯のはずれだ。アルタ・ヴィスタ星系には、もう航宙艦が隠れる場所はない。「ほかに行ける場所はない」

「コースを変更して接近します」と、データ。平静な口調だ。まだ、〈感情チップ〉を自分の人格プログラム全体に浸透させていないらしい。感情を隠しておきたい場合もあるのだろう。データはピカード以上に、ピカードの今の言葉はあてにならないと思っている。〈ベネット〉の指揮官は、降伏するくらいなら最後の手段に訴えるはずだ。

「トラクター・ビームの準備をしろ」と、ライカー。

ブリッジ後部の戦術ステーションで、ロルク大尉がライカーの命令を実行した。青い肌のボラルス人女性で、ウォーフ少佐の後任として保安主任に昇格する予定だ（『スタートレック7　ジェネレーションズ』参照。〈エンタープライズD〉崩壊後、ウォーフはDS9へ転属した）。無愛想だが自信に満ちた女性で、地球人には真似のできない能力の持ち主だ。

データが艦を大きくグルリと回した。「標的に接近します」

クレーターだらけの小惑星が、スッとメイン・スクリーンの外へ消えた。

「八百メートル先に小惑星の地平線……標的を捉えました！」

メイン・スクリーンに青い光が輝いた。〈エンタープライズ〉のトラクター・ビームだ。サッと前方の宇宙空間へ伸びて〈ベネット〉を捉えたかと思うと、そのまますばやくロックした。〈ベネット〉はフェルナンデス級の巡宙護衛艦で、二十三世紀の偉大な提督にちなんで名づけられた。

メイン・スクリーンの映像が瞬時に拡大され、〈エンタープライズ〉の円盤部の半分しかない楕円形の〈ベネット〉の艦体を映し出した。先細りの短い支柱の上に、二本のワープ・ナセルが伸びている。

「捕捉しました、艦長」と、ロルク大尉。

どこか気弱な口調だ。トラクター・ビームではあまり長く捕えておけない。ピカードがその点を承知しているかどうか、自信がないらしい。

「宇宙チャンネルで呼びかけろ」と、ピカード。

「〈ベネット〉がまた、機雷を放出しています」と、データ。

三時間前に小惑星帯の反対側で〈エンタープライズ〉に捕えられかけたときも、〈ベネット〉は同じ手を使った。

直径一メートルの球形の機雷がいくつもトラクター・ビームの中へ放出され、どんどん〈エンタープライズ〉へ引き寄せられてくる。前はロルク大尉がフェイザー砲で正確に狙いをつけ、一つずつ破壊した。だが、爆発がつづいたためにトラクター・ビームそのものが弱まり、〈ベネット〉はトラクター・ビームを振りきって逃亡した。

「機雷に狙いを定めました」と、ロルク。

「発砲するな」と、ピカード。「前方の防御シールドに全パワーを投入」

「艦長、あれは反物質機雷です」データが警告した。

「こちらの防御シールドは百パーセントだ」と、ピカード。

この状況なら、新しい〈エンタープライズ〉はつづけざまに襲う衝撃にも充分に耐えられる。損害は最小限ですむだろう。今度は、逃がしはしない。

ピカードは立ちあがり、まだ姿を見せない相手に話しかけた。

「こちらは〈エンタープライズ〉のジャン＝ルーク・ピカード艦長だ――」

「最初の機雷の衝撃は、二秒後です」と、データ。

ピカードは言葉をつづけた。「――〈ベネット〉の指揮官と話したい」

メイン・スクリーンがパッと白く光り、ブリッジが揺(ゆ)れた。最初の機雷が防御シールドに当たって爆発したのだろう。

「〈ベネット〉のインパルス・エンジンのパワー・レベルが、もうすぐフル・パワーまであがります」と、データ。

「補助トラクター・ビーム追加」と、ピカード。「だが、〈ベネット〉の艦体が耐えられないほどの強さにはするな。〈ベネット〉を破壊したくない」

データが言いはじめた。「まもなく、爆発が二回――」

立てつづけに二度の爆発が起こった。艦体をゆるがす轟音(ごうおん)がブリッジに反響する。トラクター・ビーム発生装置の柔らかな唸りが、かん高い音に変わった。

「――起こります」データが言い終えた。

「〈ベネット〉の指揮官……貴艦はもう逃げられない。エンジンのパワーを落とし、ビーム転送乗艦に備えて防御シールドをオフにしてくれ」と、ピカード。

データが操舵席の椅子ごとピカードを振り返った。

「艦長、〈ベネット〉のワープ・エンジンがパワー・レベルをあげています」

ライカーが副長席から立ちあがり、ピカードのそばに立った。

「〈ベネット〉はトラクター・ビームに捕えられています」と、ライカー。

「〈ベネット〉、応答せよ！」と、ピカード。ほかの艦なら、ソヴェリン級の航宙艦にトラクター・ビームに捕捉されてもワープで逃げられるかもしれない。だが、巡宙護衛艦では無理だ。もう逃げられない。「トラクター・ビームに捕えられたままワープすれば、艦が壊れるだけだ」

「〈ベネット〉から通信が入ってきました」と、ロルク。

「スクリーンに出してくれ」

ピカードが答えたとき、またしてもブリッジが揺れた。いくつかまとまった機雷の衝撃が襲ってきたが、これが最後だった。インパルス艦速で逃れようとする〈ベネット〉を、トラクター・ビームが抑えている。機械の唸りがさらにかん高くなった。

メイン・スクリーンの映像が揺れて、〈ベネット〉のブリッジに変わった。ピカードの懸念とイラ立ちが、ショックと当惑に変わった。これは、どういうことだろう？〈ベネット〉の指揮官は……〈エンタープライズ〉を自殺行為にも似た激しい追跡へ駆り立て、いま〈ベネット〉を破壊寸前の状態に置いている指揮官は、ヴァルカン人だった。若い男性で、宇宙連邦軍の制服を着ている。

「ピカード艦長、そちらのトラクター・ビームを解除していただきたい」

ヴァルカン人の言葉は穏やかで、焦っている様子もない。だが、今までの行動は死に物狂いで無謀だった。とてもヴァルカン人の行動とは思えない。

「お名前を教えていただけるかな？」と、ピカード。

相手がヴァルカン人では、交渉は無理だ。だが、説明くらいはしてくれるかもしれない。それよりも、論理には耳を傾けてくれるだろう。

「わたしの名はストロンだ」と、ヴァルカン人。

ピカードは相手の襟章の星を数えて、階級を読み取った。

「ストロン少佐――」

話しはじめたピカードを、ストロンがさえぎった。

「わたしは職を退いた。もはや宇宙連邦軍の一員ではない」

「そのうち、考えなおしたくなるかもしれないぞ」と、ピカード。この奇妙な状況をうまく切り抜けようと、必死で方法を模索した。「さもないと、きみは単に〝航宙艦を不適切な目的に使用した〟罪ではなく、〝宇宙連邦軍航宙艦を盗んだ〟罪に問われる」

「わたしはなんの罪にも問われない」

ピカードはデータの肩越しに航宙コンソールへ視線を走らせ、〈ベネット〉をスキャンした結果を確認した。〈エンタープライズ〉のトラクター・ビームから抜け出そうと、インパルス・エンジンが激しく活動している。ワープ・エンジンは待機モードだ。あらためてピカードはストロンに話しかけた。

「警告しておくが、わたしはまだ、きみの行動の論理を理解したわけではない。やはり犯罪だとしか思えない」

ストロンは視線を動かさずに二本の指をあげ、画面の外の人間に呼びかけた。

「こちらへ来てくれ」

若い地球人女性が画面の中へ入ってきた。ストロンと同じように宇宙連邦軍の制服姿で、襟章も少佐だ。女性は自分も二本の指をあげて、ストロンの指に触れた。ヴァルカン人の夫婦のあいだでかわされる抱擁に代わる儀礼だ。女性は妊娠六カ月といったところか——

ピカードは思った。

「この星系に未来はない」と、ストロン。これで何もかも説明しつくしたかのような口調だ。

「まだ、そうとは決まっていない。現状はいずれ改善される」と、ピカード。本当にそうであってほしい。「だが今は、きみとご家族には隔離宙域へ戻ってもらわなければならない。ガモー・ステーションまで本艦が護衛しよう」

ストロンの口もとがこわばった。ヴァルカン人が感情をあらわにするはずはないが、ピカードには強い感情表現に見えた。

「ピカード艦長、ガモー・ステーションの食品合成機は充分に機能しなくなっている。あのステーションは、恒星の照射パターンを研究する五十人の科学者のために造られた場所だ。千四百人の難民を収容できる設計には、なっていない」

「こちらで物資を補給する」と、ピカード。

「どうやって?」と、ストロン。ヴァルカン人に似合わず、苦々(にがにが)しげな口調だ。「〈エンタープライズ〉は封鎖に加わった時点で、すべての緊急用物資を放出している。以後、〈エンタープライズ〉も補給は受けていない。この星区(セクター)にいる宇宙連邦軍航宙艦は一隻も、補給を受けていない」

ピカードはため息をついた。ヴァルカン人と議論するのは苦手だ。

「ストロン少佐……ガモー・ステーションへ帰って隔離生活をつづけたまえ。それしか、生きのびる道はない」

「帰れば、確実に死を迎えるだけだ」

ピカードの口調が鋭くなった。「きみが星系外へ出れば、きみが訪れるすべての宙域に汚染が広まるのだぞ」

「違う！」ストロンの目がきらめいた。ヴァルカン人とは思えない怒りの色がある。「妻とわたしは六回も、ビーム転送で移動した。転送装置のバイオ・フィルターは毎回、〈精密濾過(ろか)〉にセットされていた」

「バイオ・フィルターでは不充分だ。ビーム転送でウイルスを除去することはできない」

メイン・スクリーンで、ストロンと妻が当惑の視線をかわした。

「筋の通った話に耳を傾けてくれ、ストロン少佐。宇宙連邦の最高の頭脳が、この問題を解決しようと知恵をしぼっている。まもなく解決策が見つかるだろう。それまでは、これ以上ウイルスを広めないようにするのが当然だ」

ストロンの妻がストロンの手を取り、両手で固く握りしめた。二人のあいだで何かの合図がかわされたようだ。

「わたしは通信士だった」と、ストロン。すでにヴァルカン人らしい完璧な自制心を取り戻している。「過去一カ月のあいだに、宇宙連邦軍が〈エンタープライズ〉へ送ったメッセージをすべて傍受し、解読した」

「すると……」と、ピカード。では、すでにストロンは悲観的な予測を知っているのか。自分たちがなぜ機密扱いにされているのかも、知っている。

「艦長、ガモー・ステーションへ戻れば、われわれは死ぬだけだ。この星区全体とともに……」

「ストロン少佐！　解決策はこれから見つかる！」

ストロンの妻がふくらんだ腹に片手を置いて、目を閉じた。

「ステーションへ戻れば、われわれは苦痛に満ちた死を迎えるだけだ」と、ストロン。無表情な声だ。「トラクター・ビームを解除してもらえないのであれば、今ここで死ぬまでだ。どちらにしても、われわれは自由になれる」確信に満ちた口調だ。

ピカードはカウンセラー・トロイを振り返った。ピカードの無言の問いかけを受けて、トロイは不安に目を見開いたまま、一度だけうなずいた。精神感応者のトロイは、ストロンの感情を感知している。ピカードが恐れていたとおりの感情だ。

「トラクター・ビームを解除するわけにはいかない」ピカードはゆっくりと答えた。自分の声に緊張が現われていることに気づいて、驚いた。

「こちらはワープの準備ができている」と、ストロン。

「だめだ。きみたちの子供のために、将来に希望を持て！」

メイン・スクリーンに映るストロンの目が燃えた。

「宇宙連邦軍の通信で、将来は見えた。宇宙連邦は崩壊する。希望を持つのは論理的ではない」

ピカードは思わず片手を伸ばした。まるで、メイン・スクリーンを突き抜けて、その向こうの二人を救おうとでもするかのように――

〈エンタープライズ〉のブリッジがまばゆい光に照らされた。同時にメイン・スクリーンの映像が変わり、トラクター・ビームの中で砕けた〈ベネット〉の姿を映し出した。〈エンタープライズ〉は大きく前方へ傾いた。トラクター・ビームが捕(とら)えていた物体の質量が、急にエネルギーに転化したためだ。

非常警報(レッド・アラート)が鳴り響き、環境ステーションから火花が飛んだ。〈ベネット〉のワープ・エンジンの崩壊で亜空間衝撃波が生じ、〈ベネット〉の残骸もろとも〈エンタープライズ〉の防御シールドを直撃したらしい。

ライカーがピカードをささえながら、いっしょによろめいた。

「〈ベネット〉がワープを試みました」データが、わかりきった事実を報告した。

ピカードは絶壁から足を踏みはずしたような気がした。耳の中でストロンの静かな声がこだましている。

宇宙連邦は崩壊する……希望を持つのは論理的ではない。

こんなはずではなかった——ピカードは痛感した。

だが、ストロンの言葉は真実だ。宇宙連邦は滅亡しかけている。数々の惑星を統合した前例のない組織として、二百年以上にわたって機能してきた宇宙連邦が、いま最大の敵に滅ぼされようとしていた。

最大の敵——それは、宇宙連邦そのものだ。

3

〈楽園（エデン）〉は死にかけていた。

訪問者は、かつて都市だったものの遺骸を踏み、ひとり破壊と腐敗の中を進んだ。この都市が生きていたころは、宇宙連邦も病（や）んではいなかった。

この惑星の名はチャル——クリンゴン語で〈天国〉を意味する。かつては……遠い昔は、その名のとおりの場所だった。水の惑星で、長いあいだ紛争の絶えなかったクリンゴン帝国とロムラン帝国の境界宙域のはずれにある。両帝国の血を引く者たちが、この〈天国〉を建設した。住民はクリンゴン語でチャルチャイ＝クメイと呼ばれた。〈天空の子供たち〉あるいは〈天国の子ら〉の意味だ。

当時は、そう呼ばれるにふさわしい場所だった。

クリンゴン人とロムラン人の血を引くチャル人は、遺伝子操作によって、若さや強さ、活力を長く保てる体質を獲得した。両種族の長所を合わせ持つ上に、生きた地球人捕虜からむしり取った組織の生きた細胞の遺伝子を組替えに利用して、すぐれた特徴をさらに発達させた。星系間の戦争が避けられないと思われていたころに創りだされた種族だ。クリンゴンとロムランの指導者たちは、宇宙連邦の野蛮人どもに挑発されて戦争が起こり、両帝国の惑星が荒れ地になることを恐れた。〈天国の子ら〉は、戦争で荒廃した惑星でも暮らしていける種族として創られた。そうしておけば、仮に両帝国が崩壊しても、子孫が宇宙連邦の怪物どもに対抗して立ちあがり、銀河系の平和を回復してくれるだろう。

だが、宇宙連邦との外交関係が改善されるにつれて、古い固定観念は崩れはじめた。驚いたことに、宇宙連邦軍の兵士たちは〈赤ん坊殺し〉ではなく、探索者だとわかった。クリンゴン帝国の首都クロ＝ノスの戦士たちは、いちど手を結んだ宇宙連邦を裏切るのは自分たちの不名誉だと考えた。ロムランの元老院も、公開討論を経て妥協と協力の原理を理解し、受け入れた。

平和がつづいた。不安定な平和で、ときにはゆらぐこともあり、必ずしも納得できる状態ではなかった。だが〈天国の子ら〉が創られた時代の好戦的な考えかたはすたれ、やがて歴史から消えた。あとには楽園が残った。

八十年前、チャルは宇宙連邦に加盟した。その時点で惑星チャルは、クリンゴンにもロムランにも忘れられていた。住民も、自分たち独自の未来を築きたいと思っていた。

宇宙連邦はチャルを好意的に迎えたが、ある種の噂を否定するのに骨が折れた。現実のチャルは〈若さの泉〉ではない。若さや活力を保てるのは、遺伝子操作で人為的に創りだされた住民だけだ。チャルの空気を呼吸したり、チャルの水を飲んだりしても、チャル人と同じ身体にはならない。

だが、チャルは宇宙連邦の庇護のもとに繁栄した。ほかの惑星との通商によるストレスから逃れて一休みしたい人々が、伝説的なチャルの島々を訪れた。砂浜を紺碧の波が静かに洗う。そよ風に、ほかの惑星では見られない色とりどりのめざましい花が揺れる。連星である二つの太陽の熱が、チャルの豊かな生物相をささえた。住民は繁栄を享受した。

だが、それは八十年前のことだ。今では波は藻の巨大な塊りに満ち、腐敗臭を放つ。砂浜には一面に海の生き物の死骸が散乱する。ヘドロや異星から持ちこまれた腐食性の海草にまみれて打ちあげられたものだ。緑ゆたかなチャルのジャングルは勢いを失った。残った葉も元気がなく、枯れかけた黄色や茶色に変色している。一年あまり前に一輪の花が咲いたのが最後で、もう新しい花は咲いていない。

自然の崩壊が始まると住人たちは不安をつのらせ、パニックを起こした。

何百光年もかなたから派遣された宇宙連邦災害救助局が、保安措置を講じた。チャルの状況は、今では〝退避困難〟と分類された。

訪問者は、このパニックの名残の中を進んだ。破壊された建物……。焼かれたホバークラフト。ビーム転送の中央ステーションは、今や黒こげの穴でしかない。

チャルの首都で見たところ、無事に残っている建物は最近の宇宙連邦軍の救援活動で建てられたものばかりだ。訪問者が入っていった建物も、その一つだった。訪問者は過去の記録を探した。かつては〈楽園〉だった都市の遺骸の中から、必要な情報を見つけだしたい。

食品合成機のコントロール・パッドがショートし、クリスチン・マクドナルド中佐は悪態をついた。ショートは、これでもう五回目だ。次の瞬間、クリスチンが操作していた分子結合探査針のエミッターが火花を発し、内蔵された超小型回路が爆発した。小さな機械だが、それなりのソニック・ブーム（超音速の衝撃波が物に当たった時の轟音）が発生する。物資補給所の石壁に、乾いた爆発音が反響した。

「この惑星で最後のアイソリニア・チップだったんですがね」

クリスチンの横で、機関長のバークが唸った。自分のトリコーダーをパタリと閉じて床に腰をおろし、食品合成機の内部からモクモクと湧き出る煙をにらんだ。焦げた絶縁材の臭気がツンと鼻を衝く。バークは不快げに、突き出た広い鼻をゆがめた。

　クリスチンは額にかかる金髪の巻き毛を払いのけた。煤だらけの指が額に汚れを残したことには気づいていない。

「この惑星どころか、この星区の最後の一個だったかもしれないわよ」クリスチンはため息をついた。

　チャルへはもう二カ月も補給船がきていない。何もかもが不足していた。宇宙連邦軍司令部へ連絡したが、ここの救援チームへ物資が届くのは、要求を出してから六カ月は先になる。

「で、どうします?」と、バーク。

　この機関長はテラライト人だ。大きな鼻にペタリと貼りついた毛の房を見ると、首都の蒸し暑さがこたえているのがわかる。

「泥浴びをしたら?」と、クリスチン。

　バークは一瞬、丸くキラキラした黒い目を見開いた。だが、憂鬱そうに鼻を鳴らして答えた。

「水の割当が少ないんで、そこまではできませんよ」

　クリスチンは自分の周りだけでも涼しくしようと、制服の長衣の裾をバタバタと動かした。この任務についているほかのメンバーと同じように、クリスチンも、自分が支給された服はずっと前に、傷ついたチャルの住民に分け与えてしまった。袖なしのベストも例外ではない。そのあと、チャルの夏の猛暑に合わせて宇宙連邦軍の制服の袖を切り落とした。正規の型ではないが、これで少しは救われる。

「海水は使えないの？」と、クリスチン。

バークはずんぐりした手で大きな鼻の脇を叩いた。

「地球人にも、ひどい臭いのはずです。あたしには百倍もひどい悪臭なんです」

クリスチンはバークに手を貸して立たせた。

「この食品合成機が直ったら、一日に何百リットルも新鮮な水が使えるわ」

「ルルルル」バークは唸った。「あたしの祖母さんにスナーグスがあったら、トラズニクになれたのに——ってとこですな。どうしようもありません。部品そのものが、もうないんですから」

「ないのは、アイソリニア・コントロール・チップだけよ」と、クリスチン。高い天井を走る木の梁を見つめて考え、問題を新たな形で捉えなおそうとした。別の角度から見てみましょう。「でも、機関用トリコーダーが二つあれば、食品合成機のコントロール・チップと似た働きをさせられるんじゃないかしら？　故障検査のときみたいに」

バークは不審げに鼻をゆがめた。

「トリコーダーは、そんなふうにはできていませんよ」

「ほかに、何をどう使えばいいと思う？」

バークは腐敗臭に満ちた空気に鼻をヒクヒクさせて、考えこんだ。

「パワーの供給を強化して……タイプ二のインバーターを通せば……」

「あなたは奇跡を起こせる人よ、バーク」クリスチンはバークに笑顔を向けた。

バークはフンと鼻を鳴らした。「いつも、そうおっしゃいますがね」そのまま、よたよたと戸口へ進んだ。今やドアはなく、日光をさえぎるものは布のカーテンだけだ。「シャトルの着陸場へ行って、誰かとトリコーダーのことを話し合ってみますよ」

クリスチンは一人でニヤリと笑った。バークは少しでもインスピレーションがわくと、人が変わったように、すぐ行動を起こす。物品がない今、宇宙連邦軍のチャル救援チームの指揮官としてクリスチンが提供できるのは、インスピレーションしかない。

クリスチンは食品合成機へ向きなおり、深く息を吸った。ためた息を勢いよく吐き出して背筋を伸ばし、またしても額（ひたい）に落ちかかった髪を払いのけた。ほかにも、わたしが思いつかない方法が何かあるはずだわ――世話の焼ける機械をちゃんと動かす方法が。まだまだ、負けてたまるもんですか。そのとき、すり足で遠ざかるバークのブーツの音に代わって、別の足音が近づいてきた。

振り向くと、見慣れない訪問者の姿が目に入った。あまりにも近くにいたので、クリスチンは驚いた。バークと入れ違いに中へ入ってきたに違いない。そうでなければ、幽霊のように音を立てずに歩いてきたのだろう。

「ここは配給センターではありません」と、クリスチン。宇宙連邦軍士官らしく、あらたまった口調だ。

だがよく見ると、この人物は食糧や水をもらいにきたのではないらしい。絶望にとらわれたチャルの住民は肩をすぼめ、背を丸めている。チャルに一年も住めば誰でも希望を失う。だが、この訪問者の姿勢は違った。服装も、この惑星の衣服ではない。ヴァルカン人貿易商の質素な長衣(チュニック)とマントを着ている。簡素で控えめな旅人の服装だ。

「わたしがほしいのは情報だけです」訪問者は言った。

クリスチンはとりあえず食品合成機の心配を忘れて、目の前の訪問者に注意を集中した。チャルの人間はみな疲れきっている。こんなに落ち着いた力強い声が人間の口から出るなんて、妙な気がするわ。ここが宇宙連邦軍士官学校(アカデミー)で、わたしが士官候補生だったら、こんな声を聞けば敬礼したかもしれない。

「どんな情報でしょうか、ミスター……?」

相手の顔はマントのフードに隠れ、顎鬚(あごひげ)しか見えない。この暑さじゃ、この男の身体は服の下で汗まみれになってるはずだわ。あの……テラライト人みたいに。

「町の郊外に墓地があります」と、訪問者。「少なくとも、以前はありました」

　クリスチンは腕組みをした。それとなく名前を尋ねたのに、かわされた。クリスチンは相手に興味を引かれ、同時に警戒心をおぼえた。一儲け企むペテン師じゃないかしら？　ここの人々に、〝封鎖されたチャルから脱出する方法がある〟などと、言葉たくみに持ちかけるつもりかもしれない。もしそうなら、この惑星には一番いてほしくない相手だわ。

「それが、どうかしましたか？」と、クリスチン。

「市庁舎で、ここに地図があると聞きました」

「地図ですって？　墓地の地図ですか？」

「ここに……友達が住んでいたのです」と、訪問者。声が一瞬、曇った。「ずっと前に」

　なるほど、わかった——クリスチンは思った。この人も、ある意味ではチャルの災難の犠牲者なのね。自分の過去を訪ねて確認しているんだわ。クリスチンは目顔で、奥の石壁に開いた広い戸口を指した。

「あの奥に、まだ作動している中央ライブラリーのコンピューター端末があります。あそこでお調べになれば、わかるはずですわ。ご案内します」

　戸口へ向かったクリスチンは、訪問者の動きが止まったのに気づいて足を止めた。訪問者は、アクセス・パネルを開(あ)けた食品合成機のそばに立ちすくんでいた。ワイヤーや導管(コンジット)や回路がゴチャゴチャと入り乱れた内部を、じっと見つめている。

珍しい反応だ。急に思い当たって、クリスチンは言った。

「あなた、食品合成機のことはご存じないでしょうね？　それとも、何かご存じですか？」

訪問者はビクッと顔をあげた。

「いや。機械のことは……」言いながら、訪問者は歩きだした。「いや。残念ながら、食品合成機については何も知りません」

クリスチンは相手の反応について、さらに考えをめぐらせた。どんな小さな情報も無駄ではない。だが結局、〝この男は食品合成機の中を見て、何か別のものを思い出したらしい〟という結論になった。相手の反応から見ると、何か大事なことを思い出したようだ。

ライブラリーのコンピューター端末がある部屋には、窓がない。この物資補給所でいちばん涼しい場所だ。ひんやりした空気が、剝(む)き出しの腕に心地よい。クリスチンは訪問者に端末の前の椅子を示した。だが、訪問者は椅子には近づかなかった。

「さしつかえなければ、あなたにやっていただきたい」

クリスチンは眉をひそめて訪問者を見返した。いい大人がコンピューターの操作を知ら

ないなんて。いったい、どこの惑星からきた人かしら？　だが訪問者の強い気後れを感じ取って、クリスチンは自分の好奇心を払いのけ、端末の前に座った。

「音声で命令するだけで、たいていのことができます」と、クリスチン。

「ありがとう」と、訪問者。だが、自分ですするとは言わない。

クリスチンは咳払いして、命じた。「コンピューター、チャルの首都の埋葬記録にアクセスして。時期は……」訪問者を振り返って尋ねた。「お友達は、いつごろ……？」

「わかりません。ずいぶん昔だと思います……おそらく八十年ぐらい前」

クリスチンは端末に向かって、この情報を伝えた。画面上を次々と人名が流れた。クリスチンは肩越しにチラリと訪問者を見た。

「記録が出ました。お友達のお名前は？」

「テイラニです」

女の名だ。クリスチンはたちまち事情を察した。この男が何者かは知らないけど……テイラニが何者かも知らないけど、二人は深く愛し合っていたに違いない。何かの悲劇で二人は引き裂かれ、男は八十年も女に会えなかったんだわ。今の答えかたに……女の名前を答えたときの口調に、長年の思いがこもっていたもの。

何十年ものあいだ変わらずに抱きつづけてきた愛情の強さに胸を打たれ、クリスチンは端末へ注意を戻した。コントロール・パネルにキーボードを呼び出し、女の名をロムラン語とクリンゴン語の表音文字で入力して、膨大なリストの検索を命じた。

「テイラニ」コンピューターの音声が答えた。「検索中です」

コンピューターが〝検索中〟なんて言う暇があるのね。妙な感じ――クリスチンは思った。これまで一世紀のあいだのチャルの人口を合計しても、百万は越えないだろう。たかが百万人のうちの死亡者の検索なんて、一瞬で終わると思ったのに。

「記録がありません」コンピューターの音声が告げた。

「お友達がチャルに住んでいたことは間違いありませんか？」クリスチンは訪問者に尋ねた。

訪問者はうなずいた。

「コンピューター、〝テイラニ〟という名前の人物を、過去の全住民の記録で検索して」と、クリスチン。

中には、別の惑星へ移住した者もいるかもしれない。この男が探している墓は、ほかの惑星にあるのかもしれないわ。

コンピューターが告げた。「『テイラニ。第二代チャル議会議長。二二九三年より二三一四年まで宇宙連邦チャル代表をつとめた』」

訪問者が画面へ歩み寄った。クリスチンは、相手の悲嘆をまざまざと感じた。

「その人物です」と、訪問者。

「コンピューター、テイラニの墓の位置を示して」

「テイラニ議長は死亡者の中には入っていません」

「では、テイラニの現在位置は？」と、訪問者。おずおずとした口調だ。いま耳にした情報が信じられないらしい。

「テイラニ議長は、チャルの首都にある宇宙連邦軍の第三医療基地にいます」

クリスチンは息を呑んだ。

「テイラニが……生きている？」と、訪問者。かすれた声だ。

クリスチンは手を伸ばし、訪問者の手を取った。この男に前もって話しておかなければならない……だが、どう伝えたらいいのかわからなかった。

第三医療基地は、末期患者のためのホスピスだ。テイラニは——この男の生涯の恋人は、まだ生きているとしても回復の見込みはない。

4

バベルは変わった――スポックは思った。スポックが最初にここを訪れたのは一世紀前だ。

バベルは中立の小惑星だが、環境改造の結果、今では大気も重力もすっかり地球型になった。かつては、重苦しい金属ドームがいくつも地表を覆って(おお)おり、ドームの中では各星系の代表が、戦うべきか……和平すべきかを話し合い、銀河系の一画の歴史を作ってきた。今では、各星系の大使や外交官たちは、ドームの中ではなく空の下を自由に行き来する。条約や星系間の問題を論議するにも、ドームの中ではなく、自由に地表を出歩ける場所を使ったほうがいいのだろうか？　そのほうが、話し合いも開放的になるのかもしれない――スポックは思いをめぐらせた。こんな考えかたは非論理的だ。だが百四十三歳になったスポックは、政治に論理が通用しないことも心得ていた。

政治ばかりではない。地球人がかかわると、何事(なにごと)にも論理は通用しなくなる。だが、遠い昔の親友が何かにつけて教えてくれた——〝論理が通用しないのは、必ずしも悪いことではない〟。

スポックは論理の問題を頭から追い出し、目の前の公園から聞こえる鳥のさえずりに耳をすました。今は大会議場のバルコニーに立っている。縦溝（たてみぞ）のある柱に囲まれ、曲線を描（えが）いて張り出した白い石造りのバルコニーだ。公園にそびえるアルカディアの木立の緑の葉が風にそよぐ。この木の何本かは、遠い昔に——バベルじゅうに人工重力発生機がいくつも設置される前に——植えられたものだ。それが、今では何十メートルもの高さに伸びた。環境が地球化されてから植えられた新しいアルカディアの木は、高さはまだ五メートルぐらいだ。だが、幹の太さは旧来の木の二倍に近い。

二種の木のそれぞれの適応ぶりを、スポックは美しいと思った。新しい木も古い木も同じアルカディア種だが、環境に応じて形を変える。二つの世代は、外見は違うが中身は同じだ。

スポックは身につけているＩＤＩＣメダルを手探りした。〈無限多様の無限調和（ＩＤＩＣ）〉という宇宙連邦の大義に思いをはせ、もともとは同じだったものが異（こと）なる外見を備えた例——たとえばヴァルカンとロムラン——を瞑想（めいそう）した。バベルの木は良い教訓だ。形は違っても、同じ土地で共存している。

やがて、こちらへ向かってくる補佐官スレルの足音が聞こえた。

一世紀前のスポックなら、重要なニュースを伝えにくる人間の歩幅や足音の大きさから、当人の気分を感じ取ろうとしただろう。その相手の気分や、伝えられる情報のよしあしまで見当をつけた。だが、今のスポックはスレルの気分を推しはかろうとはしなかった。

スレルはまだ三十歳だが、すでに、純粋論理を追求する〈コリナール〉の学び手のうちでも〈熟達者〉に達している。ヴァルカン人としては若いため、得度式を迎えるのはまだ何年も先だろう。得度式で感情を捨て去り、精神を浄化する。はるか先のことではあっても、スレルは必ず最終段階へ到達するはずだ――スポックは確信した。論理を重視するヴァルカン哲学の始祖スラックが夢に描いたヴァルカン人の姿を、若いスレルはすでに実現している。スポックの父サレックがスレルを補佐官として採用したのも、この優秀さを見こんだからだろう。〈コリナール〉の優秀な学び手だったスレルは七年前にサレックの補佐官になり、サレックの死後は息子のスポックの補佐官をつとめるようになった。

スレルほど見事な精神を持つヴァルカン人を、スポックは見たことがない。スレルは、これから報告する情報のよしあしで気分が左右される人間ではない。スポックはスレルの気分を探ろうとはせず、瞑想をつづけた。

スレルはイラ立ちの色も見せずに、スポックのそばで瞑想が終わるのを待った。やがてスポックはIDICメダルをローブの襞のあいだへ滑りこませ、ようやく若い補佐官に声をかけた。目は、バルコニーの下に並ぶ木立へ向けたままだ。

「わたしはかつて、父といっしょにこのバルコニーに立ったことがある」

「存じております」と、スレル。それ以上のことを尋ねようとはしない。

「惑星コリディアの宇宙連邦加入を認めるかどうかで、バベル会議がひらかれたときだ（『暗闇の悪魔』収録「バベルへの旅」参照）」と、スポック。

「地球人の数えかたで、百六年前ですね」スレルは即座に答えた。歴史は得意だ。「あの会議でのサレック大使の演説を研究したことがあります。なんとも……意表を突かれる演説でした」

スポックはうなずいた。スポック自身もそのときの会議に出席している。父が演説の中で述べた〈宇宙連邦の基本理念〉も覚えていた。〝戦いが存在する事実から目をそむけることなく平和を探求し、完璧はあり得ないと知りながらも完璧を追い求める〟――ヴァルカン人の口から出るとは思えない非論理的な言葉だった。演説というよりも、詩に近い高まりを持ち、聞く者すべてを強い興奮に巻きこむ言葉だ。テラライト人大使は毛むくじゃらの拳でテーブルを叩いた……アンドリア人大使は青い触角を細かく震わせ、持ち前のささやくような声が鋭くなった。たしかに、サレックの演説は誰にとっても予想外の内容だった。

サレックは、言葉の力で聞き手を虜にした。感情の力ではない。声を高めるのは、各星系の代表が抱く同じ理想を思い起こさせるとき——理想の力を確認するとき——だけだった。

サレックの演説で、コリディアは銀河系でもっとも注目される惑星になり、宇宙連邦そのものを代表する存在となった。

〝今われわれが行なうべきことは、小さな一惑星の加入を認めるか否かの投票ではありません〟演説のクライマックスで、サレックは主張した。〝コリディアという惑星そのものは、われわれを取り巻く広大な宇宙空間と星々の中では、いたって小さな存在です。コリディアの加入によって、われわれの力が増強されるとか、宇宙連邦の敵が減るとかいうものではありません。しかし、宇宙連邦はそのような目的で結成されたものでしょうか？　今日ここに、われわれはコリディアの加入について話し合うために集まりました。これだけの人間を集合させた偉大な人々に対して、われわれは何を提供できるでしょう？　ほかに何も提供できないからこそ、コリディアの加入を認めるべきでありましょう〟

つづいてサレックは、宇宙連邦大憲章の前文を引用した。この言葉を、こんな場面で聞くとは思わなかった——その日の会議に出席した全員が、そう思った。

「わたしは、あの演説の組み立てに現われたサレックの戦略に、好奇心をそそられた」と、スポック。スレルは礼儀正しく視線をそらした。

「どのような点にでしょうか？」そう言ってから、スレルはわずかに首を縮めた。ヴァルカン人らしいひかえめな感情表現で、〝これからわたしが言う言葉に、気を悪くしないでほしい〟と、前もって謝罪する動作だ。「わたしには、非常に……感情的な演説に思えましたが」

スポックはローブの皺を伸ばした。

「会議に出席した代表の中にも、父を感情的な人間だと思った人々がいた」

スレルは考えこむ表情でうなずいた。「では、サレック大使の演説に皮肉はこもっていなかったのですね」

「わたしは、いなかったと思う」と、スポック。「もっとも、本人が亡くなってしまった今では、誰も確かめることはできない」

スレルはかすかに当惑を含んだ目をスポックへ向けた。

「この演説の真の意図を、スポック大使はすでにご存じだと思っておりました」

スポックはため息をついた。地球人じみた仕草だが、最近は隠そうとしなくなった。スポックの内部でヴァルカン人の要素と地球人の要素がせめぎ合う時代は、遠い昔に終わった。

「わたしは、父と精神融合したことがない。だから、父の真の意図はわからない」と、スポック。

スレルは表情を変えなかった。だが、スポックにはわかった。スレルは驚きのあまり言葉を失っている。父親と息子が精神融合をしないなど、ヴァルカンでは前代未聞の話だ。非論理的なことだが、スポックはサレックと精神融合しなかったことを後悔した。父の心と精神を理解する機会を作るべきだった。

サレックの思考をチラリとのぞいたことはある。〈エンタープライズ〉の有名な艦長ジャン＝ルーク・ピカードが、一度サレックと精神融合を行なった。〈エンタープライズD〉がレガラ4までサレック大使を運んだときのことだ（テレビ〈新スタートレック〉『英雄症候群』Sarek参照）。その二年後、サレックの死の直後に、ピカードはサレックと共有した意識を伝えたいと、スポックに精神融合を申し出た（『ヴァルカン大使スポック』参照）。

スポックはピカードの申し出を受け入れた。ピカード個人との精神融合としては、満足のゆくものだった。だがサレックとの間接的な接触としては、どこかイラ立たしく、物足りない体験だった。サレックの意識はあちこちが影に覆（おお）われ、生涯の断片しかのぞけなかった。父が故意に、自分の思考を息子から隠そうとしたような気がした。もちろん、そんなことはあり得ない。非論理的だ。

だが結局、サレックはスポックと精神融合しようとはしなかった。この事実に対するわだかまりがいつまでも心の中に残って、スポックを苦しめた。父が死んで五年たった今でも、頭のどこかで気にしている。

過去の思い出にまつわるスポックの憂鬱を、スレルは感じ取ったらしい。ていねいな口調で言った。

「サレック大使の動機がなんであろうと、あの演説は成功でした。コリディアは結局、宇宙連邦に加入したのですから」

「コリディアはディリチウムの埋蔵量が豊富だから、宇宙連邦としても味方につけておきたかったのだろう」と、スポック。声にかすかな皮肉の色がまじった。

「ああいう時代でしたからね」と、スレル。

ディリチウム結晶はワープ・エンジンには欠かせない物質で、星系間航宙をささえる決め手だ。一時は、新しいディリチウムが手に入らなければワープ航宙をあきらめるしかなかった。だが、今では簡単に再結晶化できるようになり、豊富に手に入る。現在は、ディリチウムをめぐって戦争が起こる時代ではない。彗星の核に豊富に含まれる氷と同じで、希少価値はない。

「コリディアの加入がきっかけで、この星区(セクター)の平和が確立されました」と、スレル。「今でも、その平和はつづいています。サレック大使の功績は明らかです」

ヴァルカン人の習慣から見れば、スレルの言葉は大げさで、おべっかに近い。だがスポックは、若さからくる熱情として大目に見た。スレルの言葉で、スポック自身の気分も変わった。

「残念だが、わたしは、父が持っていた調和の精神を受け継いでいないようだ」と、スポック。

スレルはスポックの言葉の意味を理解し、同時に、スポックの気持ちが現在の問題へ……二人がバベルへきた理由へ戻ったと推察した。

「わたしがニュースをお知らせするまでもなかったようですね」と、スレル。

「そうだな。投票の結果は明らかだ」

論理を重んじる者の悲劇と言うべきだろうか。この問題では、スポックはいつも失敗を予想していた。ヴァルカン人とロムラン人とのあいだに正式な交渉の道を開こうとするこの最初の試みは、必ず失敗する。だが、今後の新(あら)たな試みのための足がかりはできた。いずれは成功するだろう。宇宙連邦のヴァルカン大使である自分がこんな実り薄い試みに手を出せば、宇宙連邦は面倒な立場に立たされる。今しばらくは、自分は表(おもて)に出るわけにはいかない。だが、補佐官を通じて評議会と接触する時期も長くはつづかないだろう。いずれは自分自身が、この責任を取る形で、ロムランとの公式の交渉役を任されるはずだ――スポックはそう思った。

だがスレルの次の言葉で、スポックの予測はくつがえされた。

「スポック大使、実は、投票は行なわれませんでした。ロムラン帝国の宇宙連邦への加入を認めるかどうかは、この場で論議すべき事項ではないと判断されました」

スポックはバルコニーの白い石の手すりに片手を置いて、身体をささえた。石の手ざわりが冷たい。

「宇宙連邦評議会の顧問団は、今回ロムランの代表団が大変な危険を冒してバベルまできたということを、きちんと認識しているのか？」

ロムラン帝国が宇宙連邦との公式の交渉に応じるなど、めったにないことだ。ロムランとヴァルカンとの交渉は、もっと少ない。だがスポックは、ロムランとヴァルカンを統一しようと……元どおり一つの民族に戻そうと、八十年前から少しずつ努力を重ねてきた。ロムラン人はもともと、ヴァルカン人から分かれた民族だ。ロムランとヴァルカンの再統一は、スポックのいちばん大きな夢だった。単なる個人的な夢ではない。政治上の必要性と言っていい。銀河系のこの象限で恒久的な平和を実現させるとしたら、ロムランとヴァルカンの再統一を除外して考えることはできない——スポックはそう確信していた。

「スポック大使、今回、非公式とはいえロムラン代表団をバベルへ招聘するために、大使がどれほどの努力をなさったか——顧問団は、その点を充分に承知しています。表向きは、今回の会議は大きな業績として歴史に残るでしょう」

スポックはスレルの言葉を聞きとがめた。「表向き？」

スレルは前よりも堅苦しい姿勢を取った。〝わたしは知らされたままをお伝えするだけで、その情報をわたし自身が信じているかどうかは別問題です〟という意志表示だ。

「評議会の中には、〝ロムラン人がバベルへきた真の目的は、和平交渉ではない〟と考える評議員もいるそうです。〝ロムランは、本当はヴァルカンとの再統一を望んでいないし、宇宙連邦に加わる意志もない〟というのです」

スポックはバルコニーの手すりを握りしめた。宇宙連邦評議会は、わたしがこの五年間ロムランで何をしてきたと思っているのだろう？　八十年前からの目標を達成するために、ロムランにとどまって再統一運動を支援しつづけてきたというのに……。これまでの苦労はすべて、現在のこの瞬間へ向けて積み重ねたものだ。非公式ではあっても、ヴァルカンとロムランと宇宙連邦の代表が同じテーブルにつき、お互いに手を結ぶ未来について腹蔵なく意見を交換する——それが目標だった。

「理由はそれだけか？」と、スポック。

「ほかに、ウイルス汚染の問題があります」

スポックはスレルを振り返った。両手を手すりに置いている。

「そんな――」地球語の感情的な言い回しが次々と頭に浮かんだ。だが、スレルの前では模範的なヴァルカン人でいなければならない。スポックは自制した。「――それは、どう見ても非論理的だ」

「最新のニュースは公にされていませんが、わたしが信頼できる筋から聞いたところでは、ウイルスに汚染された星系は七つに達したそうです。宇宙連邦でももっとも人口密度の高い星区の三分の一が、正規の食糧輸送路からはずされました。宇宙連邦軍の救援活動にも、支障をきたしています」

「三分の一か」と、スポック。信じられないという表情だ。

「顧問団の考えでは、ロムラン代表団がこの会議に顔を出した真の目的は一つしかない……〝ロムランの食糧生産の中心部が汚染された場合の援助の約束を取りつけるため〟だとのことです。宇宙連邦軍情報部も、ウイルスはすでに中核星区へ達したと言っています。クリンゴン帝国でも汚染が見られたようです」

「封鎖しているのに、どうしてそんなことが起こるのだろう？」

スレルはこの質問には答えなかった。ウイルスがどのように星系から星系へ広まったのかは、まだわからない。経路を突き止めようと科学者たちが知恵をしぼっている。宇宙連邦が結成されて以来、これほど科学者を悩ませた謎はない。

「ウイルス汚染の原因や経路はともかく」と、スレル。「宇宙連邦は、自分の宙域の資源がこれほどの危機にさらされているときに、ヴァルカンとロムランとの交易を支援したり、ロムランの発展に対する協力を約束したりする気にはなれないようです」

スポックはスレルへ向きなおった。ヴァルカン人らしい態度を崩さないよう、力を振りしぼって自制している。

「ウイルスのために食糧供給源が危険にさらされている今こそ、宇宙連邦の視野を広げなければならない。評議会には、それがわからないのか？　われわれ全員が危険にさらされているからこそ、生きのびるために、資源と知識を分かち合わなければならない」

「スポック大使、まるで宇宙連邦評議会が論理で動いているかのようなおっしゃりかたをなさいますね。評議会は論理に従って動いてはおりません。いま評議会を動かしているのは、〝恐怖〟です」

スポックは、自分の在り方が若い補佐官に否定されたと感じた。

さっきまで〝政治に論理は通用しない〟という事実を思い返していらしたのは、どなたですか？　大使は、ご自分の中の地球人とヴァルカン人のせめぎ合いを均衡に変え、どちらの行動原則も理解できるようになられたはずではないのですか？　それなのに、このようなドンデン返しに対する心の準備は、できていらっしゃらなかったのですね……？

「恐怖か」と、スポック。

　それしか言えなかった。ヴァルカン人が初めて地球人と協力関係を結んでから、すでに三世紀以上が過ぎた。以後、新たな生命や文明を求めて、共同で未知の新しい惑星を探査してきた。だが、今になって過去の亡霊――未知のものへの恐怖――が息を吹き返した。画期的な協力関係によって築きあげた成果のすべてが、過去の状態へ押し戻されようとしている。星系間の連帯が崩され、孤立した各惑星の地表で泥にまみれようとしている。

　次のスレルの言葉で、スポックはますます途方に暮れた。

「地球人にとっては、これが論理的な反応なのです」

「恐怖が……論理的だというのか？」

「汚染星系の隔離が失敗し、さらに多くの星系がウイルスに汚染されれば、宇宙連邦軍も対応しきれなくなるでしょう。過去の歴史に照らして考えれば、宇宙連邦軍が食糧供給源を汚染から守りきれなかった場合、封鎖された惑星の中には宇宙連邦から脱退するものも出てくるはずです。星系内の資源をめぐって、争いも起こるでしょう。特定宙域内の戦争でも、あちこちで起これば、どれか一つが発展して、宇宙連邦全体に累を及ぼしてもおかしくありません」

スポックの中の地球人の一面が、スレルの冷たい落ち着きぶりに反発した。銀河系全域が破滅しかねないというのに、なぜ、これほど平然と話していられるのか？　これほど恐ろしい未来像を暗示されれば、ヴァルカン人でも戦慄をおぼえるのが当たり前だ。

「いくつかの星区にまたがる局地的な内戦も、無視できません」スレルは言葉をつづけた。「特に、ロムランのような宇宙連邦のライバルがひそかに対立をあおった場合は、危険が大きくなります」

スポックは〈コリナール〉の修行をした時期（『スター・トレック』参照）に学んだ方法を思い出して、気を静めた。

「きみは、宇宙連邦が崩壊するというのか？」と、スポック。

スレルはまったく無表情に答えた。

「ウイルスへの対処法が発見されず、食糧となる植物がすべて汚染されれば、宇宙連邦は確実に崩壊します」

スポックはローブの襞のあいだへ手を差し入れて、IDICメダルを触った。だが、心の平安は得られなかった。

このバベルで……かつて父サレックが大きな成功をおさめた場所で、スポックは大きな挫折に直面した。今や、論理は役に立たない。そうかといって、感情に身を任せれば、身動きがとれなくなる。必要なのは行動だ。

スポックは、昔の親友をなつかしく思い出した。カークなら、今どんな行動をとるべきかを教えてくれるに違いない。

5

クリスチンはホスピスの入口で足を止め、隣に立つ訪問者の反応を見守った。この男は、死の光景を目の当たりにしたことがあるようだ。それも、何度も。あるいは、わたしと同じように、一度だけ見れば充分な体験だと思ってるのかもしれない。

クリスチンは訪問者を案内して、並んだベッドのあいだの狭い通路を進んだ。ベッドには死を待つ患者たちが寝ている。消毒薬の臭いが鼻を衝く。無菌フィールド発生機が足りないので、薬も使わざるを得ない。救援チームが持ってきた発生機のうちでまだ作動するものは小児病棟で使われている。チャル人の子供は、初期症状を乗り越えれば回復する可能性が高い。だが第二段階へ進むと、ホスピスの患者たちと同じように手のほどこしようがなくなる。

クリスチンは通路の両側に目を配りながら、ドクターのオフィスへ向かった。大きな部屋の片隅をカーテンで仕切った部分がオフィスだ。避難が始まるまでは、この建物は美術館だった。壮大な天窓のある広間で、ホログラムの窓がいくつもあり、日光が常に展示室の中央に降りそそいでいた。だが今では、末期患者たちの弱った目を刺激しないよう、天窓はシャッターで覆われている。光は壁に掛けた発光標識だけで、いつも薄暗い。収容されている患者たちと同じ、弱々しい黄昏の光だ。

クリスチンはドクターのオフィスを囲む木材を、コツコツと拳で叩いた。

「ちょっと、ボーンズ——いる？」

隣で、訪問者がギクリとした。親愛の情をこめて医者を〝ボーンズ〟と呼ぶのは、別に珍しい習慣ではない。だが、男はこの呼びかたに驚いたらしい。

「ちょっと待ってください」中からイラ立たしげな返事が聞こえた。

カーテンを引き開けて、女医のアンドレア・ム＝ベンガが出てきた。医療トリコーダーを手にしている。青いジャンプスーツの袖をクリスチンの制服と同じように切り落とし、広い額にチャル製の白い柔らかなバンダナを巻いた姿だ。短く切った黒髪と黒い肌に、白い布がくっきりと目立つ。ム＝ベンガは鋭い目で訪問者を見たが、すぐに力を抜いた。

「あなたは患者ではないようですね」

今度は訪問者がしげしげとム＝ベンガを見つめた。何を考えているのか、その顔からはわからない。クリスチンは訪問者に向かって、励ますように微笑みかけた。

「こちらはドクター・アンドレア・ム＝ベンガです。ドクター、こちらは……」

「ドクター……ム＝ベンガ」訪問者の口もとに、奇妙な笑みが浮かんだ。「わたしは、ある患者を探しています。患者の名はテイラニです」

クリスチンは眉をひそめた。この男はまた、自分の名を言わない。名前を知られたくないのかしら？

「テイラニ」ム＝ベンガは疲れたように頭を掻いた。「ええ、向こうの隅にいます。ご親戚のかたですか？」

「友人です」と、訪問者。「テイラニに会いたいのですが……」

「ここでどんなことが起こっているか、おわかりですか？」と、ム＝ベンガ。

訪問者は、ム＝ベンガが指さした暗い隅を見つめた。「ひどい事態のようですね」

この男は、心の底に何かを隠しているのかしら？　それとも、よほど単純な人間なのかしら？　クリスチンにはわからなかった。

ム＝ベンガがクリスチンに視線を向けた。クリスチンは肩をすくめた。

「たしかに、ひどい事態です」と、ム＝ベンガ。「ウイルス性の食中毒が発生しました。ウイルスが食物連鎖を通ったために、一カ月たらずで作用が異常に強まったのです。地球人やテラライト人をはじめ、ほとんどの炭素型生命体は、このウイルスで腹痛を起こします。ウイルスが腸で爆発的に増え、激痛を起こすのです。この症状が一週間つづきます。回復させるためには、水分と塩分と糖分をたっぷり与えなければなりません。電解質のバランスを取り戻し――」

「テイラニに会いたいのですが」と、訪問者。ム＝ベンガの説明は耳に入っていないようだ。

「よろしいですか。問題は、チャル人は普通のヒューマノイドとは違うという点です。チャル人の遺伝子構造は、ところどころに人為的な操作を受けています。人工の部分には、通常の医療処置が効きません。損傷した組織は、原形質再生器(プロトプラザー)では治せません。薬剤は、効(き)き目が現われるより先に代謝作用に取りこまれて変質してしまい……」相手に話が通じないことを、ボーンズは承知している――クリスチンは思った。「とにかく、あなたのお友達は死にかけていて、わたしには打つ手がないということです。おわかりですか？」

「テイラニはどこですか？」と、訪問者。

ム＝ベンガはあきらめの表情を浮かべた。

「こちらです」ム＝ベンガは言い、クリスチンと訪問者の先に立って奥の壁づたいに歩きはじめた。

テイラニのベッドは遠くの隅(すみ)にあった。クリスチンは、このウイルスで死んでいったチャル人を何人も見ている。テイラニの様子を見ただけで、あと一日ももたないとわかった。かつては美しい女性だったに違いない。とがったロムラン人ふうの上品な耳。いかにもクリンゴン人貴族らしい額の畝。だが、病気と老齢のために本来の特徴が崩れ、消えかけていた。

地球人の尺度で言えば、テイラニは五十歳くらいに見える。だがチャル人だから、百二十五歳ぐらいだろう。しかしウイルスによって消耗した結果、テイラニの蜂蜜のような黄金色の肌は、切れた毛細血管と紫色の内出血のパッチワークに変わり、縮んだ皮膚を華奢な骨格の頭に固く貼りつかせた。くぼんだ片方の頬に滅菌パッドが留めてある。傷口を覆っているのだろう。ウイルスに侵された最終段階では、皮膚が切れて開く。滅菌パッドが片目まで覆っているところを見ると、すでにこちらの目は見えなくなっているかもしれない。

以前は活力あふれる女性だったに違いない——クリスチンは思った。死を免れる者はいない。誰でも、いずれは生命を奪われる。でも、いつ見ても残酷な光景だわ。

だが、訪問者の目には嫌悪も、憐れみも、恐怖の表情も浮かばなかった。訪問者はテイラニのベッドのそばにひざまずき、そっと患者の額をなでた。ここがホスピスであることを忘れさせる光景だ。美術館でいちばん貴重な美しい美術品を愛でるかのような仕草だ。

男の手が触れると、テイラニの瞼がピクピクと動いたが、目は覚まさなかった。

　クリスチンの横で、ム＝ベンガがひそかにトリコーダーの表示を調べた。クリスチンの目がム＝ベンガの目と合った。ム＝ベンガは無言で首を横に振った。もう打つ手はない。

「熱いお湯がほしい」訪問者が言った。目をテイラニから離さない。

「患者の水分は不足していません」と、ム＝ベンガ。そっけない口調だ。「水の割当は限られています」

　訪問者は振り向いてム＝ベンガを見あげた。「熱いお湯……沸騰したお湯だ。カップに一杯だけ」

　その口調の激しさに、クリスチンは驚いて目をパチクリさせた。ム＝ベンガが反論しようとした。だがクリスチンは、ム＝ベンガの肩に手を置いて言った。

「いいわ、ボーンズ。わたしの割当の中から使って」

　ム＝ベンガの目がキラリと光った。このドクターは異論を唱えられるのが嫌いだ。

「あとで後悔なさらないでしょうね？」と、ム＝ベンガ。

　クリスチンはうなずいた。ム＝ベンガは補給室へ姿を消した。

　訪問者はテイラニの毛布の皺を伸ばし、枕を整えた。それから注意深くソロソロと指を伸ばして、テイラニの首と額と剥き出しの頬に触れた。クリスチンは気づいた――男が触

れた部分は、ヴァルカン人が精神ポイントと呼ぶ個所だ。少し前に男の激した声を聞いていなければ、この男はヴァルカン人で、フードの下の耳はとがっていると思うところだわ。

「あなたは治療師ですか？」と、クリスチン。

訪問者は首を振った。クリスチンの質問も、クリスチンの存在も頭から追い払おうとするかのような動作だ。今は、目の前の死にかけた女性のことしか頭にないらしい。

「ほかに、何かお手伝いできることはありませんか？」

「もう充分です。お世話になりました」男は振り返りもせずに答えた。

「とんでもありません」クリスチンは男の脇にひざまずいた。「もっと、お手伝いさせてください」

思いがけない言葉だったらしい。男はすぐには何も答えず、身動きもしなかった。やがて辺りを見まわし、ベッドの下から何かをひっぱりだした。チャル特産の織物に包まれた板状の重そうなものだ。男はその包みをクリスチンに渡した。

クリスチンは盆のように包みを捧げ持った。布の下に、金属板の手ごたえがある。大きさは縦が三十五センチ、横が二十センチぐらいで、厚さは一センチといったところか。何かのプレートで、テイラニにとって特別な意味のあるものらしい。

男はローブの下から小さな陶器のカップを取り出し、クリスチンが持つ包みの上へ置いた。つづいて、小さな……包みを出して置いた。紙包みらしい。カサカサと音がする。男が紙包みを開くと、乾いてクシャクシャになった茶色の葉の塊りが現われた。

「お茶ですか？」と、クリスチン。

「そのようなものです」

ム＝ベンガがフラスコに水を入れて持ってきた。男がカップを差し出した。ム＝ベンガはフラスコに取り付けられた小さな加熱器のスイッチをひねって水を熱し、沸騰した湯をカップに注いだ。

男は乾いた葉を指で砕いてカップの中へ落とし、カップをゆすって中身をまぜた。たちまち、豊かな植物の香りが立ち昇った。クリスチンは思わず、われを忘れてウットリした。宇宙にはこんな匂いもあったのね。忘れていたわ。長いあいだチャルにいて、腐敗臭に慣れてしまったのかしら。

「わたしの患者に与える前に、少なくとも、それが何かは教えてほしいですね」と、ム＝ベンガ。腹立たしげな口調だ。

「患者はどんな状態だとお考えですか？」と、男。

「死期が迫っています」と、ム＝ベンガ。事務的な口調だ。

「では、何を与えても、今より悪くはなりませんね」

男はベッドへ向きなおり、そっとテイラニの頭部を持ちあげた。カップで煎じた茶を少しずつ、注意深くテイラニの唇へ注ぎこんでゆく。

ム＝ベンガは重いため息をついて、トリコーダーを取り出した。クリスチンが盆のように捧げ持った板の上に、男が広げた紙包みが乗っている。ム＝ベンガは紙に残った枯れ葉の上でトリコーダーを動かし、目をパチクリさせた。〈分析不能〉という表示でも出たのだろうか？

「なんだったの、ボーンズ？」クリスチンは小声で尋ねた。

「さっぱりわかりません」

ム＝ベンガはさらにトリコーダーをテイラニへ向け、クリスチンに頭を振ってみせた。

「テイラニを、ここから連れ出したい」男が言った。

「いけません。わたしの患者に勝手なことをしないでください」と、ム＝ベンガ。

テイラニがうめき声をあげた。声を聞くのは初めてだ。ふたたび瞼がピクピクと動いた。

男がテイラニの上へ深々と身をかがめ、またしても精神ポイントに手を触れた。

もう一度トリコーダーを作動させたム＝ベンガが、目を見張った。「信じられないわ……」

男は立ちあがり、ム＝ベンガのほうへ軽く頭をさげた。

「テイラニはもう、わたしの患者になったと思います」そう言うと、両手でテイラニを抱きあげた。命よりも大事なものを抱くような、いとおしげな様子だ。

クリスチンが立ちあがったとき、テイラニが目を開けて男の顔を見つめた。憔悴した顔に笑みが浮かんでいる。自分の目が信じられないといった驚きの表情だ。テイラニはかすかな声で言った。

「ジェイムズ……戻ってきてくれたのね……」

男はテイラニを抱いたまま、その場を離れ、ホスピスの出口へ向かった。クリスチンとム＝ベンガは呆然とその姿を見送った。ム＝ベンガはトリコーダーの側面を叩いた。故障はしていない。

「脈がしっかりして、熱がさがりはじめました」と、ム＝ベンガ。男が残した枯れ葉の紙包みを取りあげ、不思議そうに匂いを嗅いでいる。

「ジェイムズと言ったわね」と、クリスチン。考えこむ口調だ。あの訪問者の名前はわかった。地球人の名前だ。

クリスチンは盆がわりに持っていた包みを見おろし、布をほどきはじめた。最後の一枚が剝がれると、金属板が現われた。何かのプレートだ。クリスチンの手に触れる部分がデコボコしている。文字が刻んであるらしい。

「あら」横でム＝ベンガが不満げな声をあげた。「いったい全体、なんですか、それは？」

クリスチンは包んでいた布を床（ゆか）へ落とし、プレートをひっくり返した。文字が見えた。
クリスチンは息を呑んだ。青銅板に盛りあがった文字が、かすかな光を受けてきらめく。

宇宙連邦軍航宙艦（U.S.S.）〈エンタープライズ〉

宇宙連邦軍船籍、NCC－一七〇一－A
地球、サンフランシスコ航宙艦製造所
恒星暦八四四二・五就役
同名航宙艦の第二モデル

〈……恐れることなく未踏の宙域をめざす〉

クリスチンとム＝ベンガは通路の端（はし）を振り返り、ホスピスの出口を見つめた。謎の訪問者はテイラニを抱いたまま外へ出て、姿を消した。

「ジェイムズ……」クリスチンはその名を繰り返した。剥き出しの両腕に鳥肌が立った。今度は、冷えた空気のせいではない。

そんなこと、あり得ないわ――クリスチンは思った。次の瞬間、思い出した――でもあの人は、〝不可能〟を可能にすることで有名だった。

6

〈エンタープライズE〉の艦長控室で、ピカードは何も置いていない一角を見つめた。設計図の段階では、特殊環境ユニットを置くことになっていた場所だ。航宙艦の艦長の中には、ここに日当たりのいい『ネコ専用席』を置く者もいれば、珍しい生命体の入った飼育器（テラリウム）を置く者もいる。生命維持部門の設計責任者たちはピカードの服務記録を検討し、この場所に筒状の水槽（アクアリウム）を設置しようと決めた。地球の海と同じ環境で、一匹のオーストラリア産のミノカサゴを入れる。

だが、ブリッジ部分の設置がすんで初めて艦長控室へ入ったとき、ピカードは水槽（アクアリウム）の撤去を求めた。なんの心がまえもない生命体にとって、宇宙はあまりにも過酷な環境だ——そう思うようになったからだ。

以前にピカードは、ヴェリディアン3の上空で〈エンタープライズD〉の円盤部が切り離されたとき（『スター・トレック7 ジェネレーションズ』参照）のセンサー表示記録を再生した。親から引き離されて避難する子供たちの泣き声が聞こえた。クルーを収容した円盤部は、間一髪でワープ炉心（コア）の爆発から逃れた。だが次の瞬間、雷鳴のような震動音とともに、円盤部はヴェリディアン3の大気中を落下しはじめた。

ギャラクシー級航宙艦〈エンタープライズD〉が進宙したとき、宇宙連邦軍の司令部はこのような惨事を予測しなかった。クルーが家族とともに深宇宙へ赴任することを、とやかく言うつもりはない。だが、子供を初め宇宙のプロではない者たちを危険にさらすことは、なんとしても避けたい。

この新〈エンタープライズ〉に子供は乗っていない。その点は安心だ。水槽（アクアリウム）でミノカサゴがゆらゆらとヒレを動かす光景も、心が和（なご）むかもしれない。だがクルーの命を預かる艦長としては、乗艦する生命体は一つでも少ないほうがありがたい。

初めて宇宙へ出たときは、星原の華々（はなばな）しさしか目に入らなかった。だが今は、星々のあいだの闇や限りない虚空（こくう）が目につく。

ドア・チャイムが鳴った。ピカードは答えた。「どうぞ」

副長のライカーが、コンピューター・パッドを手にして入ってきた。難しい顔をしている。

「どうかしたかね、副長（ナンバー・ワン）？」と、ピカード。

ライカーは前置きをぬきにして、いきなり本題に入った。現在の封鎖任務を不満に思う点では、ライカーもピカードに劣らない。ほかのクルーの態度も、任務に対する不満からピリピリしはじめている。

「ガモー・ステーションには、ストロン少佐という人物は配属されていません」

いきなり言われたため、一瞬ピカードには、この言葉の裏の意味がわからなかった。

「この星系の封鎖を担当する他艦のクルーだというのか？」

ライカーは首を振って、言葉をつづけた。

「アルタ・ヴィスタ星系に多少でも関(かか)わった人員の記録は、すべてチェックしました。封鎖前の救援任務にも、ストロンという者が加わったことはありません。直接ガモー・ステーションと通信できるようになったのは三年前ですが、ストロンという通信士はいちども赴任していません」ライカーはテーブル越しにパッドをピカードに差し出した。「宇宙連邦軍全体では、ストロンという名前のヴァルカン人が九名います。そのうち、この星区(セクター)から三百光年以内の距離にいるのは、探査艦〈スローン〉のストロン艦長だけです。ストロン艦長は百六十歳です」

「ほかの八名についてはわかっているのか？」

ライカーはパッドに向かってうなずいた。ピカードはサッとパッドに目を通した。九名のヴァルカン人の勤務表がすべて表示されている。

「ヴァルカン人が嘘をついたのか……ヴァルカン人が自殺したのか」と、ピカード。「正直のところ、わたしにはどちらも信じがたい出来事だ」

「艦長、可能性としては、どちらもありえます。しかし、当人は本当にヴァルカン人だったのでしょうか？」

「妊娠中の女性少佐についての記録はあるか？」

「数名います。ですが、やはりこの星区(セクター)の近くにはいません。行方不明の届けも出ていません。何より、センサー表示の記録内容に合致する者がいません」

ピカードは立ちあがって展望窓に近づき、窓に映る自分の姿の向こうに目を据えた。アルタ・ヴィスタ3は約五十万キロ先にある小さな惑星だ。薄黄色の表面を、黒ずんだ青い霧(ミスト)が幾筋にも糸を引いて包んでいる。一年前、この霧(ミスト)は鮮(あざ)やかな緑色だった。この霧(ミスト)の正体はアルタ・ミストと呼ばれる微細な浮遊生命体——この星系の固有種である単細胞の寄生植物の群れ——だ。ところが、このアルタ・ミストが恐ろしいウイルスに冒(おか)され、色を変えた。アルタ・ヴィスタ星系はウイルスの七番目の餌食になった。

このウイルスがどこで発生し、どんな経路で宇宙連邦宙域の惑星へ入りこんだのかは謎だ。マイクロ・スキャンの映像で見るかぎり、単純な構造のウイルスで、幾何学的に美しい。この物質の正体は、ラセン状に伸びる一本のリボ核酸（RNA）だ。アミノ酸を作る塩基（ヌクレオチド）の数は二、三千個しかない。従来の定義に従って厳密に言えば、ウイルスというより単なる分子だ。生物と呼ぶには、アミノ酸が少なすぎる。このウイルスは周りに何もない場合は不活性で、壊れやすいRNAの鎖を同じ鎖形をした頑丈な珪素分子が包んでいる。普通のRNAと違って、タンパク質の保護膜やカプセルに覆われてはいない。剝き出しのまま珪素の鞘におさまった形だが、トゲ状に伸びた珪素分子がこのウイルスの形を整え、RNAを守る。ほかの生命体に致命的な害を及ぼすのは、このRNAだ。

動物の身体に侵入した場合、なぜかこのウイルスのRNAは、分裂する動物細胞の細胞膜だけと結合する。結合した細胞が分裂するとともにウイルスも増殖するだけで、動物細胞の中にある遺伝子は傷つかない。したがって、動物は増殖したウイルスを息や唾などといっしょに撒き散らすだけで、自分が重い病気にかかることはない。

ところが、葉緑素を持つ植物では、ウイルスは葉緑体と結びつく。植物のエネルギー製造メカニズムを乗っ取り、そのエネルギーを使って自分の複製を作りはじめる。動物の場合とは違い、植物はウイルスの自己複製作用のおかげで発病し、少しずつ光合成の能力を失ってジワジワと死に追いやられる。

ほかの惑星と同じように、アルタ・ヴィスタ3にもこうしてウイルスが広がった。あらゆる植物が感染し、食用として使えなくなった。あらゆる動物が――自分は発病しないものの――ウイルスを媒介した。食糧生産の中心地は大きな打撃を受けた。

「ヴァルカン人――いや、ヴァルカン人に化けた人物といったほうがいいか――が、隔離された星系から脱出しようとした。なぜ、宇宙連邦軍士官を装う必要があったのだろう？」と、ピカード。

「そして、追いつめられたとき、なぜ妻ともども自殺したのでしょう？」と、ライカー。

展望窓から振り返ったピカードを見て、ライカーは驚いた。艦長が微笑を浮かべている。

「副長（ナンバー・ワン）、まるで私立探偵ディクソン・ヒルの出てくるミステリーみたいだな」

「しかし、これはホロデッキの物語ではありません。現実に、二人の人間が死んでいます」

「ディクソンなら、まず〝見かけにだまされるな〟と言うだろうな」

まさかと思いながらも、ライカーは次の言葉を待った。

「ストロンの話がすべて嘘だとすると、ストロンの行為も見かけどおりではないかもしれない――そう考えるのが論理的ではないか？」と、ピカード。

「艦長、〈ベネット〉は無許可でガモー・ステーションを離れ、小惑星帯まで行きました。この星系から出ようとしていたのは明らかです」

「いや。二人は惑星アルタ・ヴィスタ3から出ようとしただけだ。われわれの目をくらますつもりだった。わかるのはそこまでだ。二人の真の目的が何だったかは、もう知りようがない」

「わかっているのは、〝真の目的は果たされなかった〟ということだけですね」

だが、ピカードは首を横に振った。「ストロンたちは、誰にも正体を知られずにガモー・ステーションへやってきた。難民が押し寄せる中で保安も手薄になっていたから、不可能ではない。とにかく、二人はアルタ・ヴィスタ3への侵入に成功した。おそらく、脱出ルートも綿密に計画していただろう」

「艦長、〈ベネット〉は爆発したんですよ。どこが〝綿密〟なんです？」

「われわれは〈ベネット〉の座標と同じ位置に、ワープ・コアの爆発を見ただけだ。その後われわれは爆発現場を去り、封鎖位置へ戻った」

ライカーにも、ピカードの論理の展開が読めてきたらしい。「爆発現場のアルタ・ヴィスタ二五七へ、針路を変えましょうか？」

ピカードはうなずいた。「上陸班の準備も頼む」

ライカーがブリッジへ帰ると、ピカードはふたたび展望窓から外をのぞいた。一分もたたないうちに〈エンタープライズE〉は向きを変え、ワープ艦速で小惑星帯へ向かった。

惑星アルタ・ヴィスタ3は急激に縮んで、小さな点になった。

戻ってみても何が見つかるのか、見当がつかない。ピカードの頭にあるのは根拠のない疑念だけだ。しかし死にゆくコロニーをただ監視するよりも、積極的な行動にでるほうがずっとましだ。

宇宙連邦は危機に瀕しているという。それなら、〈エンタープライズ〉の艦長としては、黙って見守るよりも自分で動いてできるだけのことをしたい。


アルタ・ヴィスタ二五七の地表に実体化した瞬間、ライカーは激しい眩暈をおぼえて、ふらついた。人工重力のある〈エンタープライズ〉から無重力に近い小惑星へビーム転送されると、感覚が混乱する。エアロックから足を踏み出すのとはわけが違う。

ライカーの宇宙服のヘルメットについたフェイス・プレートがエネルギーのきらめきを捉えてキラリと輝いたかと思うと、すぐそばにラ＝フォージュとデータが実体化した。ライカーは、自分たちの位置を確認しようと振り返った。すると、その動作の反動で、小惑星の黒っぽい地表から足が浮きあがった。

ライカーは背負った姿勢制御ユニットのコントロール・アームへ手を伸ばし、ハンドルを軽く叩いた。浮きあがった身体が元どおり地表へ降りた。ラ＝フォージュも同じことをしている。バックパック型の姿勢制御ユニットについた小さなスラスターから姿勢制御ガスが少しずつ何度も噴き出し、ラ＝フォージュの身体の傾きを調整した。

アンドロイドのデータは大柄ではないが、人間よりも重量があり、人間よりも正確に自分の動きをコントロールできる。データは、小惑星の地表でも自力で体勢を保つことができた。もっとも、それも最初のうちだけだった。磁気ブーツのスイッチに手を伸ばしたとたんにデータの身体は浮きあがり、次の瞬間、ブーツが磁化されて地表に吸いついた。だが、ブーツの底にニッケル鉄の粉塵が引き寄せられ、あっという間に足の裏は髭が生えたように粉の房だらけになった。

「不純物が多すぎて、ブーツが正常に機能しません」

姿勢制御ユニットで体勢を立てなおしながら、データが言った。宇宙服の通信装置を通して声が聞こえる。ロボット技術を使えば、データは宇宙服を着なくても真空の宇宙空間で活動できた。だが、データは人間に似せて造られたアンドロイドだ。システムには有機体を使った部分も多いため、真空状態が長くつづくと、一時的に化学的なバランスを狂わす恐れがある。また、ライカーたちにとってもデータの声が聞こえたほうが好都合だ。だからデータは、通信装置つきの宇宙服を着ていた。

「よし、目標からそう離れてはいないようだ」と、ライカー。フェイス・プレートの上部から、上空に停泊する〈エンタープライズ〉の勇姿を見あげた。二、三キロしか離れていないように見える。小惑星の引力が小さいので、かなり近づいても衝突する恐れはない。

「ライカーより〈エンタープライズ〉。爆心地に降下しました」

ヘルメットのスピーカーから、ピカードの声が聞こえた。「爆発の跡は本物か？」

ライカーは辺りを見まわした。〈ベネット〉はこの真上で爆発した。地表から一キロほど離れた位置だ。周囲の地表には、爆心地から放射状に何本も銀色の畝が伸びている。銀色のものは、微粒子と化した〈ベネット〉の破片だ。ニッケル鉄でできた小惑星に光速に近いスピードで衝突したため、目に見えないほど細かく砕け散って分解してしまった。〈ベネット〉の微粒子のすさまじい運動エネルギーが小惑星の地表を構成する金属を溶かし、表面をえぐって、畝を造った。

訓練を積んだライカーの目にも、爆発の跡はごく最近できたように見えた。〈エンタープライズ〉のセンサーとメイン・スクリーンに現われたとおりで、たしかに〈ベネット〉の爆発跡だ。〈エンタープライズE〉の機器類は最新鋭のものだが、場合によっては、熟練した人間の目で観察したほうが確実だ。ジョーディ・ラ゠フォージュの人工眼なら、肉眼以上の働きができる。

ラ゠フォージュは姿勢制御ユニットを操作して、地面の数センチ上に身体を水平に浮かせた。埋めこまれた新しい人工眼で、爆発による地表の損傷をつぶさに調べている。このほうが〈エンタープライズ〉の強力なセンサーで遠隔スキャンするよりも、はるかに精度が高い。

「副長」と、ラ＝フォージュ。「地表の衝撃痕には、まだ宇宙塵が積もっていません。この衝撃痕は、できてからまだ一日もたっていません。確かです」

ライカーは肩をすくめようとして、やめた。宇宙服を着たままそんなことをすれば、また身体が浮いて目がまわる。

「ピカード艦長」と、ライカー。落ち着いた口調を心がけた。「〈ベネット〉は確かに爆発したようです。われわれが目撃したとおりです」

ピカードは、一つの仮説を示した。〈ベネット〉はトラクター・ビームから逃れるために、位相抑制機を作動させてワープしたのかもしれない。その際、爆発するように仕組んだ第二のワープ・コアを切り離して、残していったのではないか？　センサー表示に、原因不明の亜空間爆発が記録されている。あの次の瞬間、〈ベネット〉のワープ・コアの爆発で〈エンタープライズ〉のセンサーがオーバーロードし、記録に空白が生じた。センサーが自動修復したときには、〝ワープに失敗した〈ベネット〉の爆発〟は完了していた——そんな偽装工作も可能だ。だが、可能だからといって実行されたとはかぎらない。実行したかどうかを、確かめたい。

ライカーはひそかに思った——艦長は、任務の退屈をまぎらわす口実を探しているんじゃないだろうか？　宇宙連邦軍の施設を隔離するための封鎖なんて、単調で、艦長の性に は合わない。残念ながら、艦長の仮説は誤りだ。〈エンタープライズ〉にもクルーにも、もっとやりがいのある任務がある。この点では、おれも艦長と同意見だ。

「有機物の痕跡は？」と、ピカード。

本当に〈ベネット〉が爆発したのなら、ストロンたちの身体も蒸発したはずだ。その場合、爆発現場に二人の身体から出た炭素アイソトープの痕跡が残る。この無残な痕跡の検知は、データが担当した。

データもラ＝フォージュと同じように、地面のすぐ上の空中で腹ばいになって浮かんだ。可能性のありそうな場所に分子検知器を当て、ヘルメットの内側の根もとにあるトリコーダー・スクリーンで分析結果を読み取ってゆく。

「検知されたアイソトープの痕跡は、機械のものだけです」とデータ。「有機物の痕跡はありません」

ライカーは驚いた。

「間違いないか？」

相手がアンドロイドであることを忘れて、思わず聞き返した。

「九十九・九九九九パーセントの確率です。ごくわずかではありますが、疑いの余地もあります。現実に、こうも考えられます——」

「データ」ライカーが途中でさえぎった。ピカードが示したもう一つの仮説を思い出したからだ。「ストロンがヴァルカン人ではなく、ストロンの妻も地球人ではなかったとしたらどうだ？ クリンゴン人かロムラン人が変装していたとしたら？」

データの身体がゆっくりと回転し、直立の姿勢に戻った。

「その場合は、炭素アイソトープの質量数が微妙に変わります。それぞれの種族が発達してきた惑星の化学的特性によって、残留するアイソトープも違ってきます。しかし、炭素を基礎とする生命体の大部分が、検知可能な痕跡を残します。その点は、艦長が推理なさったとおりです」

通信装置から、ピカードの声が流れた。

「ミスター・データ、つまり、〈ベネット〉は確かに爆発したが、二人は乗っていなかった——ということになるな」

「はい、艦長。その可能性がもっとも高いでしょう」

ライカーは顎髭を掻きたくてたまらなかった。だが、ヘルメットの中へは指が届かない。

しかたなく、小惑星のデコボコした地平線を見まわして我慢した。地平線の長さは、地軸の方向で約八キロ、赤道に沿った方向では約三キロしかない。なだらかな起伏を見せる地表には、何千年も昔に隕石（いんせき）が衝突してできたクレーターが黒々と口を開（あ）けているだけだ。気密ドームや発着施設の跡はない。人工物があれば、〈エンタープライズ〉は数千キロ先からでも探知できたはずだ。機械が地下にあっても、探知できる。

「感想は、副長（ナンバー・ワン）？」ピカードの声がした。

今はライカーも、ピカードの意見を支持するしかない。ピカードの仮説の正しさが、調査によって裏づけられた。

「間違いありません。ここには確かに一つの謎があります」

「いや、副長（ナンバー・ワン）」と、ピカード。「謎は二つだ」

一瞬、ライカーは面食らった。やがて、宇宙服の断熱材の層を通してジワジワと外の冷気がしみこむように、ピカードの言葉の意味が少しずつ呑みこめてきた。まさか……艦長は本気でそんなことを考えているのだろうか？

「もう一つの謎というと……ウイルスが蔓延（まんえん）した経路ですか？　この事件が、ウイルスの蔓延（まんえん）と関係があるとおっしゃるんですか？　こちらも偽装かもしれないと……？」

ライカーの脳裏に、〈エンタープライズ〉のブリッジで艦長席に深々ともたれるピカードの姿が浮かんだ。きっと、新しい任務への意欲を燃やしているにちがいない。

「この広い宇宙の中で、一つの場所に謎が二つ集中しているのだぞ。副長、これはわたしの勘にすぎないが、二つは決して偶然ではない。ウイルスの被害がなければ、ストロンと名乗る人物がガモー・ステーションへ侵入したり、わざわざ脱出に失敗する芝居を演じたりする必要もなかったはずだ。ウイルスの発生と蔓延の謎を解く鍵も、この星系にあるのかもしれない」

ラ＝フォージュもデータも立ちあがっていた。ライカーは二人と目を見かわした。アンドロイドのデータの顔にも、驚きの色が表われている。

ウイルスの突然の発生と蔓延の背後には、何者かの作為がある——そう考える者は、宇宙連邦軍でもピカード一人ではない。だが、その真相を暴く手がかりらしきものをつかんだのは、今のところはピカードだけだろう。

ウイルスの被害は、宇宙連邦が直面した最大規模の天災だと思われている。だがピカードのもう一つの疑念が正しいとすれば、これは天災ではない。

7

惑星チャルの夜が明けた。滅びゆくジャングルから、一羽の鳥のさえずりが聞こえる。弱々しい、悲しげな声。一羽だけの声だ。

この種の最後の一羽だ。今年のタマゴはどれも殻(から)が弱く、中のヒナの肺ができあがらないうちに割れてしまった。どの巣でも、未熟なヒナが外気にさらされて命を落とした。充分に呼吸のできない哀れなヒナたちは、殻から出て一時間もしないうちに巣の中で死んでいった。親鳥はなすすべもなく見守るだけだった。いわゆる〈知的生命体〉が環境に干渉した結果だ。人為的な災害への対処法など、親鳥は知らない。子孫を守る本能はさまざまな習性として遠い昔から受け継がれてきたが、ここではなんの役にも立たなかった。

チャルに初めてウイルスが出現したとき、環境保護局はまず感染した葉を取りのぞいた。つづいて、周辺地域に、広範囲に対応する抗ウイルス剤を散布した。これが無残な結果を招いた。

抗ウイルス剤が持つ人工の遺伝子のうち五つが、ウイルスばかりでなく、ある野草の遺伝子配列へ入りこんだ。チャルではどこでも見られる花で、この惑星の固有種だ。遺伝情報が変わったために開花のサイクルが速くなり、受粉を助ける昆虫の活動期より何カ月も前に、花が咲きそろってしまった。

抗ウイルス剤の散布から三カ月後、チャルの主な島々では、果実の収穫量は通常の二十二パーセント以下に落ちこんだ。鳥類や昆虫類が飢えのために全滅する島も出た。鳥や虫が激減した結果、それらを捕食する動物も飢えた。食糧不足が急速に食物連鎖全体に広がり、どの進化段階の生物にも飢えの影響がはっきりと現われた。

ある種の鳥は、自分のヒナを食べるようになった。またある鳥は、本来の生息地から遠く離れた山間部で餌をあさりはじめた。習性の変化によって、この鳥は新たな危険にさらされた。これまでは縁のなかった高山地帯のダニが、この鳥の羽毛にたかった。みるみる、鳥の繁殖率がさがった。宇宙連邦の生態学者は、チャルの生態系に複合汚染が進んでいると警告した——自然の秩序を取り戻さなければ危険だ。まず、高山ダニがほかの地域へ広がるのを防がなければならない。移住した鳥の従来の生息地に、惑星地球化船で殺虫剤が散布された。これは、こうした場合の普通の処置だ。

計画どおりダニは死んだ。だが、ほかの惑星向けに開発された殺虫剤は、チャルの環境にとってはまるきり異質なものだった。殺虫剤の成分は動物たちの口に入り、体内に蓄積された。捕食動物を通して食物連鎖に入りこみ、蓄積濃度を増して、チャル固有種の動物たちのカルシウム吸収を妨げた。まったく予想外の展開だった。

殺虫剤の散布から三カ月たつと、チャルでは哺乳類の胎児のほとんどが死産になった。カルシウム不足で発育の不完全な脆い骨が、出産時の子宮の収縮に耐えられなかったためだ。鳥のタマゴの殻と同じように、哺乳類の頭蓋骨も紙のように薄くなった。

こうして、わずか六カ月で一つの世界が死んだ。

人間たちが、よかれと思ってしたことだった。だが現実には、生態系は人知では測り知れないほど複雑だった。どんなコンピューター・シミュレーションでもカバーできないほど流動的だった。

鳥が一羽さえずっている。弱々しい、悲しげな声で。ただ一羽。

歴史上、初めて〝死亡〟と報告されてから八十年たった今、ジェイムズ・T・カークは、死を迎えた惑星で最後の一羽の鳥の声を聞いていた。チャルの太陽である二連星が、どんよりとした灰色の朝靄の中から顔を出した。

小鳥の歌声のむなしさが身にしみた。同時に、どれほど確実な破滅が待ち受けていようとも歌わずにはいられない気持ちも、胸に迫った。

カークも何度か自分の目で破滅を見た。地球の太陽系よりもはるか昔に生まれた文明の廃虚を歩いたこともある。友人たちが愛と義務に身を捧(ささ)げて死ぬ姿も見た。カーク自身も気まぐれや憎悪のために、愛する者を失った。無知や貪欲(どんよく)としか思えない理由で命を落とす、名も知らぬ者たちも目の当(ま)たりにした。

破壊を食い止められるかもしれないと思った時期もあった。やがて、一人の人間にできることの限界を知って、苦々(にがにが)しい思いにとらわれた。

そして、自分自身も死に直面した。襲いかかる死に全力で立ち向かい、乗り越えた。命を落とさずにすんだのはなぜか、今でもよくわからない。

ときどき、自分の一生が数かぎりない命拾いの繰り返しのような気がした。だが今度ばかりは、単なる〝儲(もう)けものの人生〟とは思えない。生に執着せずにはいられない、はっきりした理由がある。

カークは生まれ変わってチャルへやってきた。これまでおれは、宇宙のために生きてきた。だが宇宙にとっては、おれも地球人も物の数に入らない存在だ。宇宙がこちらを気にかけてくれるわけではない。そんな宇宙で自分が何よりも大切にすべきものは……。今ようやく、それがわかった。

カークは、重ねた毛布の上に横たわるテイラニのそばに座っていた。焚火(たきび)が暖かい。テイラニの壊れた家の近くにカークがおこした火だ。石の土台と黒く焼け焦げた木材が見える。

テイラニが身じろぎした。二つの太陽の暖かな日差しを顔に感じて目を開け、微笑んだ。ここ数週間で初めて見せる笑顔だ。

カークはテイラニの滅菌パッドに覆われていないほうの頬を、そっとなでた。

テイラニはカークを見あげた。滅菌パッドに隠れていない目が輝いた。畏れに似た表情が浮かんでいる。テイラニはそっと手を伸ばして、カークの手を取った。

「夢じゃなかったのね？」と、テイラニ。

「愛している」と、カーク。

初めて口にする言葉のように、ぎごちない。今ようやく、この言葉の意味がわかったような気がする。この宇宙でただ一つ、本当に意味のある言葉だ。

テイラニの目に涙があふれた。涙はキラリと光って目尻から流れ出し、白髪まじりの髪に落ちた。

「戻ってきてくれたのね」

カークは笑みを返した。これもまた、初めての仕草のようにぎごちない。

「そうだ。きみのために」カークは答えた。「おれたち二人のために」

「ジェイムズ・T・カーク？」と、バーク。テラライト人に特有の唸るような声だ。

クリスチン・マクドナルド中佐は、テラライト人の機関長バークにコンピューター・パッドを見せた。周回軌道上にいる科学艦〈トビアス〉のメイン・コンピューターから、歴史の情報を呼び出してある。表示画面には八十年前のカークの映像が出ていた。悲劇に遭遇した〈エンタープライズB〉の進宙式での姿だ（『スター・トレック7 ジェネレーションズ』参照）。

「これを見て」と、クリスチン。「あの男にちがいないわ」

ム＝ベンガが、バークの肩越しにパッドをのぞいた。宇宙連邦軍の緊急避難用テントの窓から朝日が差しこみ、画面が真っ白に光る。ム＝ベンガはパッドに手をかざして光をさえぎり、表示画面を見て顔をしかめた。

「カーク艦長はもう死んだ人ですよ、中佐」と、ム＝ベンガ。

「八十年前にもそう言われていたわ」と、クリスチン。勝ち誇った口調だ。「本当に死んだのなら、ヴェリディアン3に現われたのは誰？」

「確かに、八十年前には遺体は見つかりませんでした」と、バーク。反論の口調だ。「でも、二年前のヴェリディアン星系では遺体が確認されています。ピカード艦長が埋葬したんですから。その段階でケリがついたはずです」

クリスチンは無愛想なバーク機関長へ、得意げな笑顔を向けた。パッドを取り返すと、別の画面を出した。ヴェリディアン3での事件の記録だ。〝読んでみなさい〟と言わんばかりに、バークとム＝ベンガに向かって突き出した。

バークは好奇心にかられたらしく、突き出た大きな鼻をピクピクと動かした。眉をひそめたム＝ベンガは、当惑の表情を浮かべている。

「遺体が回収されていない？」と、バーク。

「〈エンタープライズD〉の残骸も？」と、ム＝ベンガ。

「宇宙連邦軍がジェイムズ・T・カークを忘れ去るなんて、信じられる？」と、クリスチン。

「ルルルル、お偉方（えらがた）ってのは何を考えても、いちいち説明してくれないもんですよ」と、バーク。不機嫌な口調だ。「でも、〈エンタープライズD〉をヴェリディアン3に置きっぱなしにするはずはないな。残骸がヴェリディアン4の住民に見つけられでもしたら、基本命令（プライム・ダイレクティブ）に触れる問題がゾロゾロ出てきますからね」

ム＝ベンガは考えこむ表情をした。

「異星人の遺体を見つけられても、同じ問題が起こるわ。カーク艦長の遺体は回収されるべきですね。とっくに埋葬するために地球へ搬送されたと思っていたのに、意外ですね」

クリスチンはパッドを持つ手を振った。

「でも宇宙連邦軍の一般記録には、〈エンタープライズD〉の残骸とカーク艦長の遺体のその後の処理については、なんの情報もないわ。これはわたしの考えだけど、ヴェリディアン3の事件のあとでも、やはりカーク艦長の遺体は確認されていないのよ。それに、〈エンタープライズD〉の墜落後にヴェリディアン3で起こったことは、隠蔽されているわ」

バークは不満げな唸り声を出した。「一般記録にないのは、何も起こらなかったからじゃないですか？」

クリスチンは、頑固者のバークとの論争を避けた。だがム＝ベンガなら、目に見える事実から真相を見抜いてくれるかもしれない。

「ボーンズ、あなたのお祖父様はカーク艦長のもとで働いていらしたんでしょう？」

「祖父ではなく、曾祖父です」と、ム＝ベンガ。「それも、あまり長い期間じゃありません」

「でも、カーク艦長の噂話はあなたも知っているでしょう？」

ム＝ベンガは目をクルリとまわして天井へ向けた。

「噂なら誰でも知っています。その十分の一でも事実だとしたら、カーク艦長の最初の任務は、五年どころか五十年もかかったことになります」

クリスチンはジリジリしはじめた。状況は明らかなのに、どう言えばこの二人にわかってもらえるのかしら？

「わたしが言いたいのは、〝カーク艦長に関する情報を考え合わせれば、あの伝説的な人物なら、また死を免れたとしても不思議ではない〟ということよ。ねえ、ボーンズ、あなたは、あの男がテイラニという女性に飲ませるときに使った乾燥した葉を分析したんでしょう？　〈トビアス〉の研究室にクローン培養設備があるから、いくらでも複製できるはずよ。お茶だかなんだか知らないけど、あの葉はチャル人の体内に入ったウイルスの増殖を抑える――コンピューターは、そう答えを出したわ。あなただって、これが奇跡的な治療法だってことは認めるでしょう？　カーク艦長はほかにも奇跡を起こす薬を持っていて、それを使って生きているのかもしれないじゃない？」

ム＝ベンガは首を横に振った。

「中佐、それは英雄崇拝からくる、あなた個人の願望じゃありませんか？　ジェイムズ・T・カークがヴェリディアン3で死ななかったとしたら、宇宙連邦軍はあの人を引きずってでも地球へ連れ帰ったはずです。カークは英雄として歓迎され、今でも次々と近況が伝えられているはずです。回想録を執筆中だとか……宇宙連邦軍士官学校で歴史を教えてい

ると か」

「ただし」クリスチンはパッドを指さした。「〈エンタープライズD〉の墜落後にヴェリディアン3で起こったことを上層部が隠しているとしたら、話は別よ。一般記録に何も出ていないということ自体が、何かを隠している証拠よ」

「何を隠すんです？」と、バーク。憤然とした口調だ。

クリスチンはため息をついた。「バーク、それがわたしにわかるくらいなら、隠蔽工作とは言えないわ」

バークは黙りこんで、しばらくクリスチンの言葉を吟味した。

ム＝ベンガがいつものあけすけな口調で、いきなり核心に切りこんだ。

「『あなたはカーク艦長ですか？』って、本人に尋ねてみたらいいじゃありませんか」

「名前を知られたくないらしいのよ」

「中佐、あなたは宇宙連邦軍の救援任務の指揮官として、この惑星にいらっしゃるんですよ」と、ム＝ベンガ。「戒厳令も出ています。あなたには、誰にでも……どんなことでも、問いただす権限があるはずです」そう言ってから、小さな固い笑みを洩らした。「でも、ひょっとしたらあのお客さんは、〝カーク艦長に似ている〟という言葉を聞きあきているのかもしれませんね」

「それとも、何かわけがあって身元を隠しているか――ね」

ム＝ベンガは鋭いまなざしをクリスチンへ向けた。艦医としての目ではない。宇宙連邦軍士官学校(アカデミー)でともに学んだ親しい友人の目だ。

「クリス、前にもあなたのそんな顔を見たことがあるわ」

クリスチンは威儀を正して身がまえた。「どんな顔？」

「恋に落ちた顔よ」

「バカなこと言わないで。たった五分くらいしか会っていない相手よ」

バークが閉口して両手を広げた。こんな話にはとてもついてゆけない。きまりが悪くて、耳の毛が逆立ってしまう。

「もう、けっこう。あたしは失礼します。地球人のむさくるしい求愛儀式のお話は、お二人だけでなさってください」

クリスチンはバークのたくましい肩に手を置いて引き止めた。

「バーク、待って。カーク艦長に――なんと呼ぶかはともかく、あの正体不明のお客に――会っても、今の話はしないでね……いっさい、何も」

「ご心配はいりません。あたしも、あの人に〝イカレたやつだ〟なんて思われたくないですから」バークはテントの出入口の布をまくりあげた。「食品合成機の調整に戻ります。

とにかく今は、あれで間に合わせるしかありません」

バークはうんざりした表情で鼻を鳴らし、出入口をくぐって外へ出ていった。

ム＝ベンガはクリスチンをじっと見つめていたが、やがて言った。

「問題は、あなたが今の任務に退屈していることよ」

クリスチンは顔をしかめた。「退屈？ まさか。わたしたちは一つの惑星を破滅から救おうとしているのよ。そういう任務だと納得して、引き受けたわ」

「わたしたちは、何も救っていないわ」

暗い言葉が、静まりかえったテントに響いた。ム＝ベンガは、さらに言葉をつづけた。

「一時間前に、宇宙連邦軍医務部から警告を受け取ったの。新たに二つの星系の感染が確認されたそうよ」

「まあ、ボーンズ、なぜ黙っていたの？」

ム＝ベンガは肩をすくめた。

「言えば、バークはすぐにも仕事を放り出すわ。あなたも気がついているかもしれないけど、宇宙連邦軍の任務で、こんなにクルーの士気が低下したのは初めてよ。いずれは救援物資が届くにちがいないと自分に言い聞かせても、補給船が〈トビアス〉へ近づいてくる気配はない……わたしたちが持ってきた物は、全部この惑星へおろしてしまった……あとは〈トビアス〉の備品に手をつけるしかない……。そういう状況なんです。チャルは孤立無援――それが現実」

ム＝ベンガの言葉に、クリスチンは打ちのめされた。今に物資が届く……人員も補充される――クルーはそのことに望みをつないで、懸命に働いている。

「ほかに誰か、このことを知っている？」

ム＝ベンガは首を横に振った。「医務部関係者だけよ。これがどんなに危険な状況かは司令部にもわかっているわ。わたしたちも、パニックを大きくすることだけは避けなければ……」

「でも、ウイルスにはカーク艦長のお茶の葉が効くんでしょう？」

「クリンゴン人とロムラン人の代謝を併せ持つ生粋のチャル人に対しては効くわ。その点は確かよ」

「だったら、それが士気の高揚につながるわ。これ以上、死者を出さずにすむんですものね」

ム＝ベンガは目を伏せ、パッドを見おろした。クリスチンと目を合わせる元気もないかのようだ。ム＝ベンガのこんな深刻な顔は見たことがない。

「クリス、生存率があがるということは、食べ物の必要量が増えることでもあるのよ。こここにある食糧は、あと一カ月ももたないわ」

「食品合成機は……？」

「トリコーダーを使うというあなたのアイデアはすばらしいと、バークも言っているわ。でも、あと十時間くらいしか使えないそうよ。十時間で、何が手に入ると思う？　子供に飲ませる新鮮な水が数百リットルってところかしら？　死ぬのが一日か二日、先へ延びるだけじゃないの」

クリスチンはム＝ベンガの手からパッドをもぎとった。「わたしは、絶対に敗北を受け入れる気なんかないわ」

「個人の勝ち負けの問題じゃないのよ。あなたは科学艦を指揮する中佐であって、航宙艦を指揮する大佐じゃないわ。わたしたちがこの任務を任せられたのは、単に宇宙連邦軍が各宙域へ散らばりすぎて、手が足りなかったからよ。わたしたちには、勝利なんて期待されていないわ。現状を維持すれば、それでいいのよ」

「でも、あなたは現状維持も危ないと言うんでしょう？」

クリスチンの視線を受けて、ム＝ベンガは自分が急に歳をとったような気がした。折りたたみ式のテーブルの下から小さな椅子を出して腰かけ、グッタリとテーブルにもたれた。

「わたしは医者よ。兵士じゃないわ。患者の治療には全力を尽くします。でも、わたしたちが戦っている相手は個人じゃないし、敵はあな、た、個、人やわたし個人を狙っているのでもないのよ」

クリスチンはテーブルの上へ身を乗り出した。なんとかしてム＝ベンガを奮い立たせたい。

「いいえ、個人の問題でも、あ、る、わ。そうあるべきよ。そうでなければ、この忌わしいウイルスと戦う意味はないわ」

ム＝ベンガはパッドを操作して表示画面を変え、テーブルの上を滑らせてクリスチンに渡した。画面には、また、カークの古い画像が出ている。〈エンタープライズB〉へ乗りこむ前……新たな冒険に乗り出す直前の姿だ。

「あなた、カークのことを書いた本を読み過ぎたようね」と、ム＝ベンガ。

「カーク艦長は決してあきらめない人だったわ」

「百年前の人でしょ。一世紀前の生活は今より単純だったのよ。出来事も、もっと単純だったはずだわ」

クリスチンはパッドを手に取ると、それを魔除けのように振りかざした。自分を包囲する悪霊を……この惑星を蝕む邪悪な敵を、撃退してやると言わんばかりの勢いだ。

「二十三世紀のカーク艦長だって、二十二世紀のことをそう思ったんじゃないかしら？

二十二世紀の人たちは、一世紀前のゼフラム・コクレイン（『ファースト・コンタクト』参照）の時代を同じように想像したかもしれないわ。二十一世紀のコクレインは、二十世紀をうらやましがったわよ、きっと」クリスチンが力をこめて握りしめたため、パッドの表面がゆがんだ。「人はみんな〝昔は違った〟と言うわ。でも、違ってなんかいないのよ。いつの時代も同じ。一世紀前に可能だったことは、今でも可能なはずよ」

ム＝ベンガは納得しなかった。「クリス、自分の胸に聞いてちょうだい――〝一世紀前に可能だったこと〟って、なに？」憐れむような口調で、クリスチンの言葉を繰り返した。

クリスチンはこれ見よがしにパッドをテーブルに叩きつけた。

「決してあきらめなかったことよ。あの人はあきらめなかったわ、決して」

クリスチンの背後で声がした。「あきらめなかった？　誰がですか？」

ム＝ベンガが椅子に座ったままビクッと身体を起こし、テントの入口を見た。クリスチンも振り返った。

カーク――と思われる男――が立っていた。相変わらずヴァルカン商人の服装だが、フードを脱いで頭を剝き出しにしている。

男は問いかける表情になった。〝会話を中断させてしまって失礼しました……つづけてください……先を聞きたい〟――そう言いたげな顔だ。

クリスチンはパッドの表示画面をチラリと見おろし、あらためて男を見た。パッドに出ている画像より髪が長く、後ろで束ねてある。宇宙連邦軍士官学校時代の細いもみあげは跡形もない。代わりに、手入れの行き届いた顎髭を生やしていた。髭にはチラホラと白いものが見える。でも、目は変わっていない。クリスチンは確信した――どんな方法で生還したのかは知らないけど、この人は絶対にジェイムズ・T・カークだわ。

でも、この人は、なぜカークであることを認めたがらないのかしら？

「お話の途中だったのでは？」と、男。

クリスチンはすばやくパッドの画像を消した。

「なんでもありません」クリスチンはパッドをテーブルに置いた。「お友達のご容態はいかがですか？　テイラニとおっしゃったかしら？」

「かなりよくなりました」

「あの乾燥させた葉のことですけど」ム＝ベンガが立ちあがって口をはさんだ。「どこの植物か、教えていただけませんか？」

「わたしは知りません」と、男。いったん言葉を切って、言いなおした。「もらったものです……効果を教えてくれた人から。どこの惑星のものか、わたしにはわからない」

「植物の名前もご存じないんでしょうか？　あの葉は、チャルでは奇跡的な効果を発揮します」

「それはよかった」あっさりした言葉が返ってきた。「うまくいけばいいと思っていました。植物の名前はわかります。トラニンというそうです」

喉の奥から絞り出す強い発音だ。

クリスチンはム＝ベンガをちらりと見やった。「クリンゴン語かしら？」

ム＝ベンガは口もとを引きしめた。「コンピューターで参考文献を検索してみます」つづいて、輝くような笑顔を男へ向けた。「失礼ですけど、誰かに言われたことはありませんか？　あなたのお顔は――」

「ドクター・ム＝ベンガ」クリスチンが割りこんだ。いかにも上官らしいうむを言わせぬ口調だ。「午前中の回診の時間よ」

ム＝ベンガはじっとクリスチンの目を見返した。〝これは命令です〟などと言われなくても、クリスチンの意図はよくわかる。

「わかりました、中佐」ム＝ベンガは寝台の上から医療キットを取って立ち去りかけ、男を振り返って声をかけた。「ごきげんよう、ミスター……？」

「ごきげんよう、ドクター」と、男。

名前を聞き出そうとするさりげない試みは、またしてもかわされた。

クリスチンは謎の男と二人きりになった。

ジェイムズ・T・カーク。次々と深宇宙に足がかりを築いたこの初期の艦長の功績は、宇宙連邦軍と宇宙連邦のあるかぎり、色あせることはないだろう。過去からきた奇跡の生還者。クリスチンにとっては英雄……いや、それ以上の存在かもしれない。

「何かご用でしょうか？」と、クリスチン。

男は口ごもった。問われて、あわてて話題を考えはじめたらしい。

「テイラニが……」歯切れの悪い口調で切り出した。

「あの〝お友達〟ですね？」と、クリスチン。

「そう、テイラニです」と、男。あのチャル人女性との関係を明かすようなことは、何も言わない。だが、名前を口にするときの様子から見ると、親密な間柄（あいだがら）であることは明らかだ。「ここで……チャルで起こったことが、ほかの惑星でも起こっていると、テイラニが話してくれました」

「そうです。ご存じなかったのですか？」

「わたしは……遠い所にいたものですから。辺境宙域に」

いいいいそうでしょうね――クリスチンは内心つぶやいた。口に出したのは、別の言葉だ。

「公式発表では、ほかに六星系が汚染されています」

「つまり、非公式には、数字はもっと跳ねあがるわけですね」

「そうだと思います」

男はテントの中を見まわした。見るものすべてを記録するかのような動作だ。何ひとつ洩らさずに記憶にとどめているらしい。

「遅かれ早かれ、こうなる運命だった。そうは思いませんか？」と、男。

「なんですって？」

「これまでの経緯は記録されていますか？」

クリスチンは漠然とした焦りをおぼえた。相手の話が予想外の方向へ飛躍して、ついていけなくなりそうだ。

「経緯とおっしゃると……ウイルスの被害のことですか？」

「どんな経路でチャルに侵入したのかを知りたい」

「まだ突き止められていません。宇宙連邦軍でも半数の人間が、ウイルスの伝播経路を知りたいと思っています」

「記録はありますか？」

クリスチンは制服の長衣をひっぱって皺を伸ばした。そちらがあくまでも覆面のまま行動なさるおつもりでも、こちらは堂々と勝負するわ。

「トラニンのことを教えてくださったお礼に、喜んでわたしの艦へお連れしますわ。司令部から定期的に最新情報が送られてきます。ウイルスの伝播経路や抑制手段がどこまで明らかになったか、わかります。それをお見せしましょう」

「艦をお持ちなんですか？」

「宇宙連邦軍航宙艦〈トビアス〉。科学艦です」と、クリスチン。なぜか男の目はうつろで、なんの反応も示さない。「周回軌道上にいます」

ひょっとしたら、この人はやはりカーク艦長ではないのかしら？

「航宙艦の停泊のしかたは知っています」と、男。ていねいな口調だ。

クリスチンは通信記章を軽く叩いた。通信音が聞こえた。「マクドナルドより〈トビアス〉。一名、ビーム転送乗艦」

通信記章から転送主任の声が応じた。「座標をロックします……」

クリスチンは期待をこめて男を振り返った。

「艦へきていただく以上、お名前をうかがっておいたほうが何かと便利だと思いますけど」

男は肩をすくめた。名前などなんの意味もないと言いたげだ。

「ジムと呼んでください」

クリスチンは思わず微笑を洩らした。ボーンズがここにいなかったのが残念だわ。この名前を聞かせてやりたかったのに……。

そのとき、転送ビームが二人を捉えた。

8

これまでの人生で、スポックは何度も敗北を受け入れてきた。たいていの場合、敗北から貴重な教訓を得た。敗北を正しく理解すれば、その経験を生かして、次の機会には有利に事を進めることもできる。だからスポックは論理に従い、感情をまじえずに敗北を受け止めようとした。敗北は生かしかた次第で、最後には勝利をもたらす。それはわかっている。

だが、ロムラン帝国の宇宙連邦加入問題について、評議会は投票さえ行なわなかった。そのことを思うと、腹が立った。スポックは瞑想を通して怒りの原因を突き止め、興味をおぼえた。別に意外な結果でもない。

宇宙連邦評議会の顧問団に裏切られたとは思わない。投票の中止に対するロムラン代表団の反応に戸惑っているのでもない。自分が歳をとっただけの話だ――この不快さの原因は単純なものだった。

およそ一世紀半のこれまでの人生を、スポックはヴァルカン論理哲学が求める厳しい戒律に従って生きてきた。だが近ごろ、この生きかたがもどかしくなった。外交上の礼儀正しい手つづきなど、めんどうだ。今では昔よりも問題点をすばやく理解できる。解決策もはっきり見える。それならば、さっさと解決に手をつけるほうが論理的ではないか——つい、そう思ってしまう。

だが今日の怒りは、それだけではない。ロムラン人とヴァルカン人がいつの日か再統一されるのは確実だ。しかし、自分の生きているあいだに実現するかどうかは、わからない——それが腹立たしかった。

傍目には、スポックの心の乱れは見えないだろう。小惑星バベルの簡素な外交官居室で、ただ、荷物をつめているだけにしか見えない。内心の激しい動揺はおくびにも出さず、スポックは静かな表情で荷物をまとめた。生まれたときからの修練のたまものだ。いつも、こうしてきた。だが、近ごろは疑問に思いはじめた。なぜ、いつまでもこの姿勢をつづけなければならないのか?

机の上の小さな布製のカバンは、あと、留め金をかけるだけになった。だが、スポックは手を止めた。中身の確認をしているような姿勢だ。パーソナル・コンピューター・パッド……トリコーダー……正装用のローブ……洗面道具……それに、昔ながらの紙の本が二冊。一冊は、ヴァルカン文明の父スラックの著書『平和術』。もう一冊は、息抜きのために持ってきた地球人作家ハロルド・ロビンソンの不朽の名作『大いなる野望』。だが、スポックは荷物のことを考えてはおらず、回想にふけっていた。

一世紀以上も昔、〈エンタープライズ〉の艦内で狂気の季節ポン・ファーを迎えた……日ごろの修練の結果を振り捨てて――しかも怒りにかられて――スープの入った鉢を艦室から外の廊下の壁へ投げつけた（『地球上陸命令』収録「狂気の季節」参照）。理性を失った自分の行動を思い出し、あのときのいつにない満足感について考えをめぐらせた。もう一度、あんなふうにふるまってみたらどうだろう？　やってみたいとさえ感じる。

ドア・チャイムが鳴った。スレルにしては早いが、あの若い補佐官はいつも早めに現われる。

「どうぞ」

ドアが左右に開いた。訪問者はスレルではなく、戦闘服に身を固めた若いクリンゴン人士官だった。

スポックは片方の眉をつりあげた。確かに、いま数名のクリンゴン代表団がバベルに滞在している。クリンゴン帝国がカーダシアを攻撃した後、クリンゴンと宇宙連邦の関係は一時期より好転はしたものの、正常な外交関係が回復したとは言えない（テレビ〈スタートレックDS9〉シリーズの

The Way of The Warriors で、クリンゴン帝国はカーダシアがドミニオンの支配下に入ったと疑い、宇宙連邦の制止を振り切ってカーダシアに宣戦布告した）。だがクリンゴン人から私的な訪問を受ける理由は、スポックには思い当たらない。

「何の用かね？」と、スポック。この状況では、破格と言っていいほど礼儀正しい応対だ。

クリンゴン人は軽く頭をさげると、スポックの許可も求めずに部屋へ入ってきた。腰に、外交団随行員の使う小さなポーチをつけている。

「大使、これをことづかってまいりました」

クリンゴン人はポーチから小型のホログラム投影機を取り出して、スポックに渡した。民間仕様（みんかんしよう）で、個人的なメッセージを記録する機械だ。一般に、故人の形見として使われる。

「礼は、誰に言えばよいのかね？」と、スポック。

「わたしの用事はこれだけです」

「ことづけた人物については、まったく教えてもらえないのか？」

クリンゴン人士官も、スポックに劣らず困惑している。わけのわからない仕事を押しつけられ、〝走り使い〟扱いされて、腹を立てているらしい。

「教えたくても、わたしは知らないのです。これで失礼します」

士官はクリンゴン人らしい大股（おおまた）で立ち去った。男が部屋を出ると、ドアが閉まった。

まずスポックは、自分の目でホログラム投影機の外見を調べた。小さな黒い本体に、操作ボタンが一個ついているだけだ。機械をテーブルの上に置き、カバンから出した小型トリコーダーで調べた。爆発物は感知されない。どうやら、見かけどおりの機械らしい。

スポックは心の中で論理の網を張りめぐらせ、ホログラム投影機に記録されている情報を予測した。小惑星バベルで秘密裏に手わたされたからには、父サレックと関係がありそうだ。おそらく、サレックが非公式に残した記録ではないだろうか？　ヴァルカン外交団の誰かが、息子スポックの手もとへ届けるべきだと考えたのだろう。ホログラム投影機のスイッチを入れると本体の上に光の柱が現われ、高さ二十センチほどのヒューマノイドの形になった。

人物の顔がわかると、スポックは興味を引かれてピクリと頭を動かした。キイ・メンドロッセン——故サレック大使が退官するまでの数年間、首席補佐官をつとめた男だ。面倒見のよい地球人で、仕事ぶりは献身的、鋭い注意力はヴァルカン人なみだった。サレックが口に出してメンドロッセンをほめたことはなかったが、あれほど長期間つとめたという事実が、メンドロッセンの有能さの証（あか）しだろう。

ホログラム投影機からメンドロッセンの姿が現われるとは思わなかった。しかし、やはりメッセージは父に関係があるらしい。スポックは満足した——わたしの論理も、まったく役立たずになったわけではなさそうだ。

ホログラムが話しはじめると、スポックの記憶にあるメンドロッセンよりもずっと年老いて見えた。肩をすぼめた姿は、まるで疲労困憊しているかのようだ。映像がちらついているのは、記録センサーの調整がまずかったためだろう。あわてていたか、手を抜いたか――いずれにせよ、メンドロッセンらしくない。

「わたしの名はキイ・アロイシウス・メンドロッセン。亡くなられたヴァルカン大使サレックの元首席補佐官です。わたしは自分の意志でこの告白を残します」

告白？　スポックはギクリとした。

「在職中、わたしは定期的に、ゴンサール地方の長官に情報を漏洩しておりました。次にあげる外交問題でのサレック大使の動きをゴンサールに知らせて、準備させるのが目的でした。その外交問題とは、アムタラの賠償問題、宇宙連邦軍ファースト・コンタクト規約の見直し、アンドリアのドロール石の返還問題、そして、ヴァルカンとロムランの再統一に関する論議です」

スポックはぼんやりとIDICメダルに手を触れた。驚きのあまり、全身が硬直している。メンドロッセンがスパイだった？　ヴァルカン外交団は各人の安全と意見の一致を維持するため、しじゅう精神融合を行なう。そのような環境で、スパイ行為が可能だろうか？

「この背信行為について、言いわけするつもりはありません」メンドロッセンの映像は話しつづけた。「当時は、大義のため……改革のために、必要なことだと信じていました。しかし、わたしの流した情報がどんな目的で使われたかを知るにいたって、自分の犯した過ちに気づきました」

メンドロッセンは頭を垂れた。罪を恥じる地球人の姿勢だが、いかにもぎごちない。長年ヴァルカンで過ごしたために、地球人の習慣を忘れてしまったかのようだ。

「スラックの説く道を信じて従ってはいたものの、わたしの論理は不完全でした。わたしは自分の行為を心から後悔しております」

ホログラム投影機の上で映像が不規則に揺れたかと思うと、メンドロッセンは肩をそびやかした。次の瞬間、メンドロッセンの声は暗唱でもするかのような落ち着いた口調に変わった。

「この暗黒の時代を越えて、宇宙連邦の一部は滅びることなく存続するでしょう。残骸の中から、より進んだ結びつきが生まれ、各惑星の個性を維持するために貢献してくださることを願ってやみません。宇宙連邦は、いったん滅びたほうがいいのです。このまま過酷な歴史の流れにもてあそばれるよりは、今この形で終焉を迎えたほうがいい。わたしは、それが真に人間的なありかただと信じます」

ここで、メンドロッセンの口調から堅苦しさが消えた。台本を捨てて、自分の言葉で話しはじめたらしい。

「しかし、わたしはサレック大使の死に関(かか)わったことを深く悔やんでおります。わたしの行ないの数々を、後世の人々は有罪と断ずるでしょう。中でも心から許しを請(こ)いたいのは、サレック大使を暗殺したことです」ホログラムの小さな姿は手をあげて、ヴァルカン人の伝統的な挨拶(あいさつ)をした。「平和とご長寿を」

スポックが呆然(ぼうぜん)と見つめる前で、サレック大使の元(もと)首席補佐官はゆったりした灰色のジャケットの内側へ手を差し入れ、緑色のヴァルカン式ハンド・フェイザーを取り出して、目盛りの調節リングをまわし、フェイザーを胸に当てた。頭がガクリと垂(た)れたかと思うと、メンドロッセンの身体は分解し、微粒子の霞(かすみ)となって消えた。

その後(ご)二十秒間、音のない映像がつづいた。チラチラ光る石の床(ゆか)だけが投影されている。やがてホログラム記録は終わり、投影機の光が消えた。

スポックはホログラム投影機を見つめたまま、あとずさりし、質素なベッドにぶつかって、そのまま倒れこむように腰をおろした。

いま見たものを、なんとか論理的に理解しなければならない——スポックは必死で考えた。ばかげた話だ。父の死因はベンディー症候群だった。めずらしい病気ではある。これにかかるのは、ほとんどが二百歳を越えた高齢のヴァルカン人で、全員がかかるとはかぎらない。だが、病(やまい)に冒(おか)された父の知性が損(そこ)なわれていく様子は克明に記録されていた。疑問の余地なく自然死だ。

ヴァルカン外交団にスパイがいたという話も、信じがたい。そのような背信行為は想像もできない。起こるはずのないことだ。

同様に、キイ・メンドロッセンが父サレックを――考えたくもない言葉だが――殺すなどということもあり得ない。

あり得ないことが二つ。真実である可能性は薄い。

心臓が早鐘(はやがね)を打ち、怒りがこみあげてきた。今にも感情に負けそうだ。過去からのメッセージは、スポックの自制心を揺(ゆ)るがす衝撃を与えた。

ロムランとヴァルカンを再統一する機会を逃したことと、老齢という避けがたい原因で父を失ったことは、別の問題だ。だが、父が本当に殺されたのだとしたら？　陰謀に加担した部下のために父が命を失ったというのに、自分は父の直面していた危機にも気づかなかったのだろうか？　そうだとすれば、息子として自分が犯(おか)した過(あやま)ちは、どのような外交上の問題よりも重大だ。

なぜ、こんなことが起こったのだろう？　どうして、父にそんな最期を迎えさせてしまったのだろう？

気がつくと、スポックはＩＤＩＣメダルを固く握りしめていた。重い鎖(くさり)が首に食いこみ、やがてちぎれた。

スポックは金属のメダルを前方の壁めがけて思いきり投げつけた。スポックの叫びが部屋じゅうに響いた。激しい怒りと恥辱の叫びだ。

もはやスポックの人生には、失敗を受け入れる余地はない。論理にすがる余裕もない。

今こそ、変わるべきときだ。

9

オバース級の科学艦〈トビアス〉の大きさは、ワープ・ナセルを入れてもギャラクシー級航宙艦の円盤部の三分の二もない。宇宙連邦軍が所有する航宙艦の中で古いタイプの一つだ。ブリッジのある円盤部の真下に、機関部を含む小さな下部艦体が伸び、二つのワープ・ナセルが左右から円盤部をはさんでいる。全体として、標準型の航宙艦を前後からギュッと押し縮めた格好だ。頑丈（がんじょう）でヤボったいオバース級——この外観は、一世紀前からほとんど変わっていない。

だが、クリスチンはこの艦（ふね）の艦長であることを誇りにしていた。調べたところでは、〈ボエジャー〉の艦長キャスリン・ジェインウェイ（テレビ〈スタートレック ボエジャー〉シリーズ参照）をはじめ、科学士から昇進して標準型航宙艦の艦長になった者が何人もいる。クリスチンも、〈トビアス〉の艦長で終わるつもりはない。いつかは新しいソヴェリン級航宙艦の艦長になりたいと思っている。

もちろん、今後も宇宙連邦軍と宇宙連邦が存続すればの話だ。だが、クリスチンは希望を捨てなかった。わたしは絶対にあきらめない。今、わたしといっしょに転送台の上に実体化したカーク艦長と同じよ。宇宙連邦だって、決してあきらめないはずだわ。

　クリスチンは転送台から降りると、コンソールの前にいる転送士へうなずき、ビーム転送室の出口へ向かった。ドアがシュッと音を立てて左右に開いたとき、隣にカークがいないことに気づいた。振り向くと、カークはまだ転送台の上にいる。

「ジム？　大丈夫ですか？」と、クリスチン。

カークは頭の中を整理するかのように、少し間を置いて答えた。「その……ずいぶん妙な感覚だったものだから」

　この返事に、クリスチンはまたしても訳がわからなくなった。この〝ジム〟は伝説の艦長ジェイムズ・T・カークだと思うけど、違うとしても、今時、宇宙のどこかへ行くのに、一度もビーム転送されたことがない人なんているかしら？

「ビーム転送は初めてですか？」と、クリスチン。信じられない気持ちだ。

カークは、ひょいと転送台から降りた。「現実にビーム転送の感覚を味わったのは、久しぶりなんです」何かを思い出すように微笑した。「あらためて考えると、大したものです」

物質をエネルギーに変えて、また物質に戻すだけのことです――クリスチンはそう言おうとして、やめた。無礼なやつだと思われたくない。そのくせ、『どうやってヴェリディアン3の事故からご生還なさったのですか？』と、面と向かって尋ねたくてたまらない。

「ブリッジへ行きましょう」と、クリスチン。「ブリッジのライブラリー・コンソールが、いちばん便利です」

今度はカークもついてきた。

〈トビアス〉の通路には人けがない。この艦はすでに八カ月近くチャルの標準周回軌道上にあり、停泊位置はコンピューターが維持している。九十八名のクルーの大部分が、チャルの地上へ降りて救援活動を手伝っていた。

こんなに静まりかえった〈トビアス〉を見たのは、これまでに二度しかない。一度目は、この前の修理期間中にヴァルカンのスペース・ドックでこの艦を見たときだった。あのとき、〈トビアス〉は巨大な眠る竜に見えた。とてつもない力と可能性を秘めて、起こされるときを待つ獣だ。だが、今の〈トビアス〉からは精気が失せた。誰かが何かをしてくれるのを、静かに待っているだけだ。

もし宇宙連邦が滅びたら、宇宙連邦軍の何千という艦船はどうなるのだろう？　周回軌道上でひっそりと最期の時を迎えるかしら？　じわじわと朽ち果て、ついには停泊位置を維持する機能を失って、惑星の大気圏へ落ちてゆくのかしら？　惑星上の大昔の文明の廃虚に住む退化した知的生命体が、炎に包まれて落ちてくる艦（ふね）を見て、神話を生み出すかもしれない。それとも、宇宙連邦が滅亡して何世紀もたってから、大昔に放棄された宇宙港（スペース・ポート）で何隻もの艦船が発見され、修復されて、新生した宇宙連邦の推進力として生命を取り戻すのかしら？

　クリスチンはターボリフトのドアのそばで足を止め、無意識に手を伸ばして通路の壁に触れ、艦（ふね）を待機モードに保つパワー発生機の脈動を確かめた。

　クリスチンは、見つめるカークの視線に気づいた。

「静かな艦（ふね）ですね」と、カーク。

「古いものですから」と、クリスチン。もちろん、相手がそんなつもりで言ったのではないことはわかっている。「これまでに五回は改修されています」

「艦（ふね）の最期のことを考えているのですね？」

　クリスチンが不機嫌な表情でうなずいたとき、ターボリフトの扉が開いた。わたしの考えを読み取るなんて、この人はまるで、感情移入（エムパシー）のできるベータゾイド人みたい。

　二人はターボリフトに乗りこんだ。

「ブリッジ」と、クリスチン。ターボリフトがかすかな唸（うな）りを立てて動きだす。

「大事なのは艦じゃありません」と、カーク。

クリスチンは驚いて振り返った。航宙艦の艦長が口にする言葉とは思えない。クリスチンは反論した。

「艦は大事なものです。艦がなければ宇宙連邦は成り立ちませんし、発展もしません。艦はわたしたちの文明を支える生命線です。人類の発展のために……知識の獲得のために、欠かせないものです」

クリスチンは顔を赤らめた。ムキになった自分が恥ずかしい。何も考えずに、感情に任せて言葉を口にするなんて……。カークは子供をなだめる親のような目でクリスチンを見つめている。クリスチンは当惑した。わたしったら、バカみたい。きっと何もかも見すかされているわ。

「艦は、しょせん機械です」と、カーク。優しい口調だ。「機械を造ったのも、機会を動かすのも、人間です。それなのに、ときどき、人間は機械だけに目を奪われる」

わたしが敬愛するジェイムズ・T・カーク艦長なら、こんなことを言うはずないわ――クリスチンは思った。ドクター・ム＝ベンガの言うとおり、本人に「あなたはカーク艦長ですか？」と尋ねたほうがいいかもしれない。士官学校時代の憧れの人が……歴史に残る英雄が、ここまでガラリと人が変わってしまったのはなぜなのかしら？

だがクリスチンが口をはさむ暇もなく、カークは言葉をつづけた。

「大事なのはクルーですよ、中佐。クルーこそが本当に大切な存在です。〈トビアス〉は、きみたちを惑星から惑星へ運んでくれる入れ物にすぎません。いつかは耐用年数が切れるか、破壊され……」いったん言葉を切って、目をそらした。何かを思い出したらしい。

「機械には、壊れても代わりがあります。もっと速くてスマートで、もっと力のある艦(ふね)が当たるかもしれない。しかし、たとえ最新鋭の航宙艦であろうとも、クルーがいなければ無意味です」

「そして、艦長もいなければ」と、クリスチン。強い口調だ。

ブリッジに着き、ターボリフトのドアが開いた。ブリッジ内のステーションの半分は、光が消えて無人だ。ターボリフトから出ようとするクリスチンの肩に、カークが手を置いて引き止めた。

制服の長衣(チュニック)の袖(そで)を切り落として剥(む)き出しになったクリスチンの素肌に、カークの体温が伝わってきた。相手の存在を身近に生々(なまなま)しく感じて、クリスチンは振り返った。

「昔、わたしの知り合いに、〝航宙艦の艦長になることが人生最高のゴールだ〟と思っている男がいました。しかし、地位というものは刑罰と同じです。仕事とは違う」

「何をおっしゃっているのか、わかりません」と、クリスチン。

ターボリフト内の空気が緊張した。まだカークはクリスチンを見つめたまま、肩に手を置いている。

「艦長は囚われの身も同然です。機械とクルーの板ばさみになったまま、機械にもクルーにもなれない。非常に……孤独な立場にあります」

「何事にも代償はつきものです」と、クリスチン。本心から出た言葉だ。「代償を支払う気があるなら、何も気にすることはないはずでしょう？」

これ以上は言っても無駄だと悟ったのか、カークはゆっくりと手を引いた。

「わたしの知り合いもそう考えていました。きみと同じ信念を持っていました」

「そのかたは結局、どうなりました？」と、クリスチン。相手が誰のことを話しているかは、明らかだ。「目標に到達なさったのでしょうか？」

「知り合いは、航宙艦の艦長になりました」

「どんな代償を支払われましたか？」

カークはしげしげとクリスチンを見た。頭の中で適切な言葉を探したが、見つからなかったらしい。やがて答えた。

「その男は、艦長以外のものにはなれませんでした」

予想外の答えだ。ぎごちない沈黙が流れた。やがて、カークがブリッジのほうへ手を差しのべた。まるでカークがこの艦の艦長で、クリスチンが客のようだ。
「こちらへどうぞ」と、クリスチン。
二人はターボリフトから出た。

一時間たつと、ウイルスの被害に関するカークの調査が終わった。チャルで調べたときと同じように、コンピューター端末の前にはクリスチンがすわった。だが、今回はカークが自分でコンピューターに質問し、科学ステーション――科学艦〈トビアス〉のブリッジでは、いちばん広いスペースを占める――上部のモニター画面に現われる情報を読んだ。カークの理解はすばやく、ときおりクリスチンが追いつけなくなるほどだ。

手に入る情報すべてに目を通すと、カークはクリスチンの隣のオペレーター席に腰をおろした。椅子の背にもたれ、両手の指先を突き合わせて考えこんでいる。

ブリッジに残っているクルーが、不思議そうにチラチラと視線を向けた。通信士のピニと、オペレーション・ステーションについている操舵士のチャンドラプノールだ。だが、クリスチンは二人を無視した。それより、早くカーク艦長の意見を聞きたい。
「これと同じ例をご存じのようですね」と、クリスチン。

カークの瞳が怒りで曇った。「自然環境の破壊のことですか？　食糧不足のことですね？　歴史を振り返れば、この種のことはいくらでも見つかる」

「ご自分の目でごらんになった――という意味です」

カークはちょっと考えてから、答えた。「たしかにあります」

ようやく自分の過去をチラリとのぞかせたわ――クリスチンは思った。

「どこでごらんになりました？」と、クリスチン。相手がすぐに答えそうもないとわかると、さらにたたみかけた。「地球でですか？　それとも、コロニー惑星でですか？」

「コロニー惑星で」と、カーク。気の進まない口調だ。「遠い昔のことです」カークは科学ステーションのモニター画面を振り返った。この星区の主な流通経路が表示されている。

「こんな事態は防げたはずなのに」

クリスチンは椅子に座ったまま、背筋を伸ばした。

「ちょっと待ってください。先ほどは、ウイルスの蔓延は起こるべくして起こったと……『遅かれ早かれ、こうなる運命だった』とおっしゃいましたけど」

カークはモニター画面を軽く叩いた。

「ここに出ている貿易の盛んな惑星については、たしかに起こるべくして起こったものだ。われわれはさまざまな環境に、あまりにも異なった生命体を入れすぎ、性質の違う恒星系の、生物の進化のしかたも違う惑星に、同じ自然環境を作り出そうとした。宇宙連邦内の穀物生産惑星の半数が、今では同じ品種の小麦を作っている。つまり、穀物の病気が一つでも流行すれば、特定象限の農業基盤の半分がダメになるということだ。効率という大義名分のもとで、日に日に何千という惑星の独自の特徴が……多様性が失われているんだ。多様性を失えば発展が阻害される。環境の均一化は自殺行為だ」

これまでの慎重に言葉を選んで語る静かな口調が、すっかり影をひそめている。ほとばしる激しいカークの情熱に、クリスチンは驚いた。まるで、ヴァルカン人が突然どなりだしたような感じだ。クリスチンは相手の理論の背景を知りたくなった。

「でも、このウイルスの被害は、穀物の病気だけではすまないでしょう？　穀物だけなく、葉緑素を持つ植物全体が襲われたのですから」

「わたしが言いたいのも、そこだ」と、カーク。もどかしげな口調だ。「葉緑素は、植物が太陽エネルギーを取りこむ方法のひとつにすぎない。しかし、宇宙連邦は境界宙域の惑星すべてに、葉緑素を持つ植物を体系的に広めた。仮に各惑星に本来の生態系がそのまま残っていれば、ウイルスの被害は地球や火星、そのほか同様の植物相を持つ一握りの惑星だけですんだはずだ。被害を受けた惑星の農業基盤が崩壊しても、葉緑素を持たない植物を主流とする惑星から援助を受けて、容易に対処できたはずだ。しかし現実には、このありさまだ。多様性を放棄した報いだ。発展ばかりに目を向け、安定を考えなかった。今、そのツケをはらわされている」

この種の議論は前にも聞いたことがある。だが、カーク艦長のような〈行動の人〉がこんなことを言うとは意外だ。宇宙連邦の惑星地球化推進局がどう反論するかも、見当がつく——

〝生態系をコントロールしないと、予想外の突然変異や病原体が発生する。さまざまな惑星の環境を人間の手で均一化することによって、予想外の変化を防ぎ、生物の安全を保証できる。均一の環境として、どんな形が望ましいか、専門家たちが何十年も研究や改良をつづけ、今では分子レベルに近い細部まで計算されつくしている〟——そう専門家は主張するだろう。だが、惑星地球化の専門家たちの言葉でカーク艦長が意見を変えるとは思えない。いくら人が変わったといっても、そこまでは変わっていないはずだ。

クリスチンにはもう一つ、わからない点があった。

「おっしゃるとおりかもしれません。でも、チャルの被害状況だけがほかの星系と違うのは、なぜでしょう？」

カークの目がギラリと光った。苦悩か、怒りか、絶望か……抑えていたものが一気に噴き出したような光だ。

「チャルは楽園だった」と、カーク。「チャルの生物はみな、ロムランとクリンゴンの生態学者が手を加えて創りだした」

「手を加えて？」クリスチンは驚いた。「調査では、そんな情報はありませんでした。概要ファイルでは、チャルはコロニー惑星だったとしか説明されていません」

「では、そのファイルは改竄されたものです。チャルは最先端の軍事基地として創設されました。陸棲の植物や動物には、チャル原産のものはほとんどありません」と、カーク。口調が落ち着いてきた。「地球原産の生物で構成された人工生態系がウイルスに冒されたからといって、クリンゴンとロムラン型の生態系にも同じ影響が出るとはかぎりません。ウイルスは、なんらかの形でチャルの環境に適応して、変化したのです。変化するまでに、時間があったはずです」

　クリスチンの頭は仕事のことでいっぱいになり、伝説的英雄の謎を忘れた。カーク艦長は、難しい謎を解くための新たな手がかりを示してくれた。司令部も、チャルに関するこの情報はまだ知らないはずだ。

「でも、司令部の最新情報をごらんになったでしょう？」と、クリスチン。「ウイルスが一晩で出現したなんて、誰も思っていません。無害な形か休眠状態で何年間かを過ごし、貿易ルートを伝わって広まってから、今の形で活動しはじめたと考えられています。短期間に複数の惑星にウイルスの影響が現われたことは、これで説明がつきます」

「それは違う。チャルは穀物の主要な貿易ルートには組みこまれていないし、加工された最終段階の食糧も輸入していません。チャルはクリンゴン人とロムラン人の手で生態系を変えられた惑星です。チャルの場合、普通の環境汚染を通してウイルスが活動を始めるとは考えられません」

クリスチンは何か言い返したかった。だが、言葉が出てこない。視野の隅に、ピニとチャンドラプノールの姿が見えた。二人とも振り向いてカークに注目している。クリスチンもカークから目を離さなかった。今の話をたどれば、恐ろしい結論が出る。カーク艦長は、その重大な意味を理解しているのだろうか？

「チャルの生態系の実態なんて、宇宙連邦軍司令部も知らないことを、なぜご存じなのですか？」と、クリスチン。

「首都に住むチャル人に聞いてみるといいですよ」と、カーク。「かつて、街の中心部に……博物館がありました。表向きは動力ステーションということになっていました。その博物館に、チャルの歴史の詳しい記録が保存されています」

クリスチンは科学ステーションの端末へ向きなおり、首都の地図を呼び出した。少しずつ過去の地図へさかのぼり、やがて市街地の主な建物が画面に現われた。すぐに、建物に関するデータを呼び出した。

「パワー・ステーション。宇宙連邦軍技術部が七十五年前に取り壊したと出ています。チャルが宇宙連邦に加入する直前です」

「あれは軍事博物館でした」と、カーク。「わたしは中へ入ったことがあります」

クリスチンはカークを振り返った。「七十五年前にですか？」

「八十年前です」

八十年前には、チャルは宇宙連邦に加入していない。クリスチンは、この途方もない発言を聞き流した。いずれ、この人は正体を明かさざるを得なくなる。どうやってヴェリディアン3から生還したのかも、そのうちに説明してくれるでしょう。でも、今はウイルスの謎を解くほうが先だわ。

「宇宙連邦軍の軍事部門がウイルス研究に役立ちそうな情報を握っていて、科学部には隠している――とおっしゃるのですか？　信じられません」

「なんと言っても、宇宙連邦軍は官僚組織です。きみもその中にいるから、わかるでしょう？　情報の整理のしかたも、抹消のしかたも」

「昔はそうだったかもしれません」と、クリスチン。「でも、わたしはまだ、そこまで宇宙連邦軍に失望してはいません」

「たしかに、この出来事は遠い昔のことかもしれません。だが、今も宇宙連邦軍であることに変わりはないのです」

クリスチンは端末へ向かって、すばやく新たな指示を打ちこんだ。出てきた記録に、ショックを受けた。クリスチンは、聞き耳を立てているブリッジ・クルーには聞こえないように低い声で読みあげた。

「八十年前、チャルは宇宙連邦へ加入を申請した……このとき、何か事件があったと出ています。数隻のクリンゴン艦が破壊された……宇宙連邦軍司令部のカートライト提督の陰謀事件（『スタートレック6 未知の世界』参照）の直後に起こったようですね」と、クリスチン。何かめぼしい反応はないかと、カークの顔に目をこらした。「宇宙連邦軍司令長官のアンドローバー・ドレイク提督が、このときの宇宙戦で死亡しています」

カークは顔色ひとつ変えなかった。

「ファイルの記録によると、本件の責任者はジェイムズ・T・カークとのことです」と、クリスチン。

カークは、やはり平然としている。この人はヴァルカン哲学の心得があるにちがいない——クリスチンは思った。

「この事件のときに、カーク艦長に会われたのですか、ジム？　八十年前に？」

カークが立ちあがった。何を考えているのか、表情からはまったく読み取れない。

「ジェイムズ・T・カークは何十年も前に死にました。わたしには昔話をする趣味はない」

「今うかがったお話を、司令部へ報告します」と、クリスチン。

「もう手遅れです。だが報告するのなら、〈チャルチャイ＝クメイ〉——天国の子ら——と呼ばれたチャル人に関する秘密ファイルをすべて公開しろと言ってやりなさい。チャルの生態系に関するデータが見つかるはずです」

カークはターボリフトへ向かって歩きだした。「テイラニの所へ帰ります」

「ジム、待ってください」と、クリスチン。「この話を誰から聞いたかも、報告しなければなりません。正確なお名前を教えてください。記録に残す必要があります」

カークはしばらくためらった。内心、激しく迷っているらしい。だが、やがて答えた。

「わたしは名もない人間です。そういうことにしてほしい」

クリスチンは抗議したかった。それはまちがった態度です……もう、過去の闇の中から踏み出していい時期です——そう言いたい。だがカークの表情には、その気持ちを押しとどめるものがあった。

「頼む」と、カーク。

クリスチンはうなずいた。たしかに、ジェイムズ・T・カーク艦長は過去の人だ。この人にとっては、ここは未来の世界にちがいない。自分の慣れ親しんだ心のよりどころが何ひとつ残っていない所へ放り出されるなんて、どんな気持ちかしら？

「でも、もしまた何かを思い出されたら……」

「わたしは、どこへも行きはしない」と、カーク。何かを懐かしむような微笑を浮かべている。「今では、チャルがわたしの故郷です。この先もずっと故郷にしておきたい」

クリスチンはもう一度うなずいた。カーク艦長がどうやってこの時代のこの場所に現われたのかはわからない。でも、カーク艦長の心の中では、冒険の日々はとうの昔に終わったことなんだわ。その決心を理解できなくても、尊重はできる。

クリスチンは、ターボリフトへ向かうカークの後ろ姿を見送った。中へ入ったカークは、閉まりかけたドアを押さえて、すばやくブリッジを見わたした。

「いい艦だ」と、カーク。クリスチンと目を合わせた。「しかし、しょせん、艦にすぎない」

カークはターボリフトの奥へ進み、ドアが閉まった。

カークの姿が見えなくなると、すぐにピニとチャンドラプノールが立ちあがって、クリスチンのそばへ寄ってきた。

「今の人は誰ですか？」と、小柄な通信士ピニ。

「名もない人よ」と、クリスチン。

チャンドラプノールは、くちばしの縁に生えている玉虫色の鱗をポリポリと掻いた。

「どこかで見た顔ですね。まるで――」

「憶測は無用よ」クリスチンはぴしゃりと言った。「あの人には恩があるの」

ピニもチャンドラプノールも、それ以上は何も言わずに口をつぐんだ。

クリスチンは誇らしげに二人を見た。カーク艦長の言葉にも一理ある。ついてきてくれるクルーがいなければ、航宙艦はただの入れ物だ。だが、ここのクルーは最高だ。

「ピニ中尉」と、クリスチン。きびきびとした口調だ。「宇宙連邦軍司令部の緊急救援本部を呼び出して――最優先チャンネルで。ゴダード提督ご本人と話したいの」

通信士ピニは不安げに目を見張った。「中佐……、通信に応じてもらえるかどうか、自信がありません。この艦はただの科学艦ですから」

「〝ウイルスの被害が人災だという証拠を発見した〟と連絡して」

「発見なさったんですか？」と、チャンドラプノール。驚きのあまり、声がうわずっている。

「そうだと思うけど、まだ自信はないわ」と、クリスチン。肩越しに、ターボリフトの閉じたドアを振り返った。

「でも、そう言えば、きっと応じてくださるわ」

10

惑星アルタ・ヴィスタ3のガモー・ステーションにビーム転送されたピカードは、狭苦しい所長のオフィスの中で実体化した。ウィル・ライカー副長の抗議の声が、まだ耳に残っている——〝危険をともなう上陸任務は、副長であるわたしの仕事です。艦長みずからが危険を冒すべきではありません〟

だが、ピカードは反論した——宇宙連邦の科学基地にビーム転送降下するだけだ。何が危険なものか。

「何もなければいいですけどね」

つぶやくライカーを残して、ピカードは転送台の上で非実体化した。

所長のチトン・キンケードは、異様なほど背が高くて痩せた女性だった。身長が二メートル半もある。低重力の地球型コロニー惑星の出身らしい。挨拶のために立ちあがった相手の顔を見るために、ピカードはヘルメットのフェイス・プレートを思いきり上に向けなければならなかった。キンケードの背の高さには驚いたが、それを顔に出しては失礼だ。キンケードはピカードの高気密の宇宙服を見ても、特に気にしなかった。呼吸できる空気のある所で宇宙服を使うのは、ひとえにウイルスの感染を防ぐためだ。ガモー・ステーションの空気中に含まれたウイルスを〈エンタープライズ〉へ持ち帰るわけにはいかない。

通信スクリーンでキンケードの姿を何度か見ていたが、これほど長身だとは気づかなかった。キンケードは手袋をはめたピカードの手を軽く握った。

「まだ司令部は、ウイルスの特定に成功していないと思いますが」と、キンケード。

ピカードは宇宙服内部の通信装置のスイッチを入れた。これでキンケードは宇宙連邦軍の制服につけた通信記章を通して通信できる。

「まだです。しかし〈エンタープライズ〉のドクター・クラッシャーは、まだ望みを捨てていません」と、ピカード。

その返事を、キンケードはピカードと同じ気持ちで受け止めたようだ。つまり、まったく期待していない。キンケードはピカードに机のそばの椅子を示した。

「おかけください。宇宙服のままでは無理かもしれませんけど」

ピカードは辞退した。キンケードは机の上に山積みになった分析キットを端に寄せ、空いた部分に腰かけて細い腕を組んだ。まるでカマキリの脚のような動きだ——ピカードはあわてて不気味な連想を押し隠した。

「飲み物ひとつおすすめできないありさまで、申しわけありません」と、キンケード。

ピカードは、こんな状況でもユーモアのタネを見つけるキンケードに感心した。この科学基地が千四百人の難民を受け入れて面倒を見てゆくためには、道は一つしかない。本来の任務をあきらめることだ。気密ドームには恒星アルタ・ヴィスタの照射パターンを研究するためにソーラー・センサーが設置されていたが、観測・分析用の装置は外へ運び出された。ドーム周辺の岩だらけの低木地には、急いで分解した機械類や不要な装置などが散乱している。それでもドームに難民を入れると余分なスペースはほとんどなく、〈エンタープライズ〉やほかの救援艦からビーム転送された簡易ベッドや食品合成機などの置き場に困っている。

だが、難民や科学スタッフを、ガモー・ステーションからビーム転送乗艦させるわけにはいかない。ステーションにいる者は全員、ウイルスを含んだ空気にさらされた。ウイルスの拡散を抑（おさ）えるには、厳しい隔離をつづけるしかない——抑えられるとすればの話だが……。

キンケードは、話を切り出しかねているピカードの様子を感じ取ったらしい。さりげなく話を促（うなが）した。

「ここへいらしたのは、わたしに内密のお話があってのことでしょう？　通信では、ほかの者の耳に入る恐れがありますから」

　ピカードはキンケードの心づかいに感謝した。

「このステーションにいた二人の人物が、封鎖を突破して星系外へ脱出した疑いがあります」

　キンケードは眉をひそめた。

「〈エンタープライズ〉が何かを追跡している様子は、こちらのスタッフが深宇宙センサーで探知しました。戻ってきたのは〈エンタープライズ〉だけでした」

「センサーがごまかされたのかもしれません。〈エンタープライズ〉のセンサーもごまかされたようですから」と、ピカード。

「ごまかされた？」

　ピカードは〈ベネット〉追跡の結末を話した。

「ヴァルカン人ストロンと、妊娠している地球人の妻ですか？」と、キンケード。いぶかしげな口調だ。「しかも、二人は自殺したとおっしゃるんですか？」

「たぶん、自殺はしていないでしょう。爆発現場を調べましたが、有機物の痕跡（こんせき）は見つかりませんでした。ストロン夫妻は、別の場所にビーム転送されたものと思われます。おそらく、別の艦へ」

キンケードは顎に手を当て、折れそうなほど首をかしげて、ピカードの言葉の裏の意味に考えをめぐらせた。

「すると、ほかに共謀者のいる計画的な脱出だったことになりますね」

キンケードの長い首がポキポキと音を立て、ピカードは一瞬ひるんだ。ヘルメットのスピーカーを通して増幅された音は、ギョッとするほど大きい。

「そこで、確認したいのですが」と、ピカード。「ここのスタッフの中で、艦の発着許可を出す人物は……ストロンの存在を隠しておいて、いざというときに〈ベネット〉の使用を許す機会がある人物は、誰でしょう？」

「わたしです」と、キンケード。嫌疑を受けかねない立場だが、なんのためらいもなく落ち着いている。「それと、管理部のスタッフが数名」

「名前をあげていただけますか？」

キンケードは立ちあがり、机の向こう側へまわった。雑然とした机の上の、ほかの物に埋もれかけたコンピューター端末に向かって、指示を入力している。

「自分の居室を持っているスタッフなら、誰でも可能です」と、キンケード。「でも、その夫妻が共同宿舎にいた場合は、ヴァルカン人と妊娠中の地球人の妻という組合せは、きっと誰かの目についたはずです」モニター画面をピカードのほうへ向けた。「このステーションの現時点における医療記録です。全難民のデータも入っています。妊婦はいません。ヴァルカン人は二十二名。行方不明者なし」

「難民のデータに洩れはありませんか？」と、ピカード。

「標準処理手順(SOP)で行なわれています。難民が到着したときには、こちらもまだ、どんなウイルスを相手にしているのかよくわかりませんでした。ですから、全員に広範囲対応型の抗ウイルス血清を打ちました。ビーム転送されてきた難民には、まだ転送台の上にいるうちに……シャトルでやってきた難民には、エアロックで打ちました」

ピカードは端末のコントロール・パネルに手を伸ばしかけて、手袋のままではうまく入力できないことに気づき、手を引っこめて尋ねた。

「シャトルの動向もすべて記録されていますか？」

キンケードはピカードの質問を打ちこみ、コンピューターの表示を見て答えた。「記録されています」

「〈ベネット〉は、いつ到着しましたか？」

キンケードはこの質問には、自分で答えた。「〈ベネット〉は最初からここにありました。最初から、このステーションの備品です」

ピカードは驚いて、キンケードを見つめた。

「〈ベネット〉は巡宙護衛艦です。それがなぜ、ガモー・ステーションのような恒星観測基地に配備されたのですか?」

キンケードのほうも、ピカードが何も知らないことに驚いたようだ。

「〈ベネット〉は恒星観測任務とは関係ありません。惑星地球化研究班のものでした」

ますます訳(わけ)がわからない。「アルタ・ヴィスタ3が地球化の対象になっていたとは、知りませんでした。この惑星には本来の生態系があるはずです」

アルタ・ヴィスタ3の動植物は、酸素が乏しく硫黄の多い大気中で生きている。この惑星は地球人の生存に適した環境ではない。宇宙連邦の規約では、異星の生物圏(バイオスフィア)に手を加えることは固く禁じられている。許されるのは、環境が地球型に非常に近い場合だけだ。

「もちろんです。この惑星を地球化するわけではありません」と、キンケード。

「では、〈ベネット〉はどんな任務についていたのですか?」

キンケードは手で上を指(さ)し示した。

「アルタ・ミストです。あの青くなってしまった霧(ミスト)は、もともと浮遊性の微細な藻が寄り集まった巨大群体です。アルタ・ミストは寄生植物で、養分はすべて大気中から吸収し、酸素を排出します。宇宙連邦の惑星地球化推進局は、アルタ・ミストを利用して、ほかの惑星の大気中に酸素を定着させられないかと考えました。〈ベネット〉は、大気中からアルタ・ミストのサンプルを採取し、それを惑星地球化試験場へ輸送するために改造されていました」

ピカードはフェイザーに撃たれたような衝撃を覚えた。

「まさか、そのおかげでウイルスがほかの星系に広まったのでは？」

宇宙連邦史上で最大と言われた天災の原因が、こんなに簡単に見つかるものだろうか？

キンケードは首を横に振った。

「それはわたしたちも考えました。でも、〈ベネット〉は一度もこの星系を離れていません。アルタ・ミストがウイルスに冒されたとわかった時点で、すぐに隔離策が取られました」

ピカードのフェイス・プレートが一瞬、ため息で曇った。〈ベネット〉とアルタ・ミストをウイルスに結びつけるのは、あまりに安直だったか。だが、まだ……気になる点がある。

「具体的に〈ベネット〉は、どこを、どのように改造されたのですか？」

キンケードはモニター画面に〈ベネット〉の構造図を呼び出した。ワープ・エンジンは一つだけで、インパルス・エンジンだけを使った大気圏内での戦闘にも向くスラリとした艦体だ。艦体下部に大きなポッドが二つ付いている。ポッド部分の輪郭が激しく点滅し始めた。改造個所だ。

「サンプル貯蔵タンクです」と、キンケード。「圧力ノズル、通気孔、試験場のタンクへ何かを送る専用ビーム転送装置を備えています。生物分析任務のための標準的な改造です」

点滅するポッドが、ピカードには非常警報(レッド・アラート)のランプのように見えた。

「〈ベネット〉のタンクには、少しでもアルタ・ミストがたまったのですか?」

キンケードはイラ立たしげな表情を見せた。

「ですから、〈ベネット〉は一度もこの星系から出ていないのです」

「しかし、サンプル採取のための飛行は行なったのでしょう?」

キンケードはコンピューターで確認した。

「数回、行ないました。この惑星を取り巻く霧(ミスト)へのウイルス侵入状況を調査するのに使いました。データはすべて宇宙連邦軍医務部へ送ってあります」

「すると、あのサンプル貯蔵タンクは満杯だったのですね」と、ピカード。

「何をおっしゃりたいのですか?」

「〈ベネット〉の爆発現場には、動物のものであれ、植物のものであれ、有機体の痕跡(こんせき)はなかった。たとえストロンたちが〈ベネット〉からビーム転送で逃れたとしても、サンプル貯蔵タンク内のアルタ・ミストの痕跡は爆発現場に残ったはずです。それがないということは、アルタ・ミストもビーム転送されたわけです」

「誰かがアルタ・ミストを盗んだとおっしゃるのですか？」

「そうです。われわれの鼻先から」

ピカードはすぐに〈エンタープライズ〉と連絡を取りたいと思った。調査班を編成し、データとラ＝フォージュとライカーに、直ちに調査を開始してもらわなければならない。しかし、この疑念を亜空間通信で伝えるのには、まだ抵抗があった。誰に傍受されるかわからないからだ。

「でも、なんの目的でそんなことをしたんでしょう？」と、キンケード。

「わたしにも、わかりません。しかし、ウイルスの空気感染と何か関係があると思われます」

キンケードは立ちあがって長い腕を腰に当てた。目つきも姿勢も、見るからにいぶかしげだ。

「ピカード艦長、お言葉ですが、ウイルスはこの星系で発生する前に、すでにほかの星系に現われています」と、キンケード。「この事実は、今うかがった仮説の大きな欠陥ではないかと思いますけど」

だがピカードは、誰も考えつかなかった場所で真相に迫る手がかりをつかんだと確信した。気が逸(はや)り、声が高くなった。

「司令部は、ウイルスが休眠状態で星区(セクター)内に広まり、昨年になって活動状態に入ったと思いこんでいます。しかし、最初にアルタ・ヴィスタ3で工作されたとしたら？　アルタ・ミストの群体が十あまりの惑星の大気中にばらまかれた結果、ウイルスが蔓延(まんえん)したのだとしたら？」と、ピカード。

キンケードのいかつい顔がこわばった。「ピカード艦長、先ほども申しあげましたが、〈ベネット〉はこの星系から一度も外へ出ていません」

「しかし、ほかにこの惑星に出入りした艦(ふね)があったはずです。そのあとで〈ベネット〉は採取したサンプルとクルーを乗せて封鎖を突破し、〈エンタープライズ〉に追跡された。これも計画の一部だったのかもしれません」

キンケードは机の向こう側から出てきて、ピカードの正面に立った。

「ピカード艦長、今おっしゃったことがどういう意味を持つか、おわかりですか？」

これこそ、宇宙連邦軍全体が待ち望んでいた突破口かもしれない——そう思うと、ピカードは武者震いした。

「もちろん、わかっています。ウイルスが人の手で作られ、故意にばらまかれたということです。宇宙連邦に対する悪意に満ちた挑戦……生物兵器を使った戦争です！」

ピカードは興奮してキンケードを見あげた。驚いたことに、キンケードはピカードの怒りに少しも動揺していない。

「ピカード艦長」と、キンケード。静かな口調だ。「このことを亜空間チャンネルで通信なさらないほうが賢明だと思います」

「しかし、いつまでも知らせずにおくことはできません」と、ピカード。全身にエネルギーがみなぎっている。退屈な数カ月を過ごしたが、ついに敵に照準を定めた。新たな目標が見つかったぞ。この発見で絶望の淵にある宇宙連邦は奮い立ち、希望を抱くはずだ。

そのとき、キンケードがいきなりピカードの腕をつかんだ。あまりのすばやさに、ピカードには腕を引く暇もなかった。わたしがあまり興奮しているので、落ち着かせるつもりか？　一瞬、そう思った。ピカードは、宇宙服の前腕についている通信装置のスイッチに指を伸ばした。

「キンケード所長、失礼します。わたしは〈エンタープライズ〉に戻らなければなりません」

キンケードが背後にまわしていた片手を前へ出した。その手に、医療レーザーが握られている。

「お気の毒ですが、艦長」と、キンケード。次の瞬間、鋭いレーザー・ビームがピカードのヘルメットを切り裂いた。ヘルメットに内蔵された通信装置の回路が火花を発して溶け、透明なフェイス・プレートが真っ二つに割れた。ウイルスを含んだアルタ・ヴィスタ3の空気がドッとピカードの顔めがけて押し寄せ、次の瞬間、溶けた透明なアルミニウムが滴り落ちて皮膚を焼いた。

ピカードはガクリと膝をつき、苦痛にあえぎながらヘルメットをかきむしった。顔に貼りついた金属を拭きとろうと、もがいている。

痛みが薄れはじめた瞬間、肋骨の下をキンケードに思いきり蹴られた。肺から一度に息が洩れ、目の前で黒い斑点が躍った。

ピカードは仰向けに倒れた。大きく揺れ動いた視野に、そばにかがむキンケードの姿が入った。下から見ると、いちだんと背が高い。入道雲のようにのしかかってくる。ピカードの視野はますます暗くなり、苦痛も薄れてゆく。

レーザーの先端が近づき、ギラギラとした光でキンケードの顔がかき消された。ピカードが覚えているのはそこまでだった。ヘルメットの中にキンケードの声が響いた。

「どこへも行かせるわけにはいきません」

ピカードの痛みが消えた。辺(あた)りの景色も、音も消えた。

11

マメがつぶれて、カークの手のひらがヒリヒリと痛んだ。あちこちの筋肉が痛い。膝もうずく。テイラニの崩れた家の跡から落ちた梁を運んだときに、ひねったせいだ。

だが、今までに覚えがないほど気分がよかった。

二面だけ残った石壁を利用して建てた小屋を眺めたときも、かつてない満足感を覚えた。

なぜこんな気持ちになるのか、自分でもわからない。現役時代、カークは常に学びつづけた。いつも、的確な指図をしてくれる先輩たちがいた。経験を積んだ専門家が何人もいて、数多くの先例を参考にできた。時がたつにつれ、いつの間にか、カークが蓄えた知識と技術にも磨きがかかった。この年齢になれば、今までの知識と経験をもとに複雑な偉業を成し遂げるのが当然かもしれない。だが、今のカークが興味を引かれるのは単純な事柄だ。銀河系を探検することではなく、小屋を建てることだった。

若いころは、つづけざまに多大なチャンスと可能性に恵まれた。未知の惑星は千もあり、に、仕事一筋の生活になっていった。命令に従うたびに……挑戦を受け入れるたびに、仕事一筋の生活になっていった。今ようやく、この時代に……この場所にたどり着いた。二度も時間を飛び越えた自分を、もとのままの人間として受け入れてくれる所に……。

ほかの人生などほしくない。一つの家、一つの夢、一つの愛——それだけでいい。

カークの身体にテイラニが腕をまわした。テイラニは自分の足で立ちあがり、カークの建てた小屋を見つめた。

「すてきね」と、テイラニ。

カークは小屋を見て首をかしげた。「ドアがゆがんでいる」

「クリンゴンの首都クロ＝ノスでは、よくある形よ」

「二部屋しかない」

テイラニはカークの肩にもたれた。疲れきった筋肉に痛みが走ったが、カークは気にしなかった。このまま、肩にテイラニの頭の重みを感じつづけていたい。

「二つあれば充分だわ」と、テイラニ。

「排水管もない。奥の壁の裏に溝を掘っただけだ」

テイラニはカークを見あげて微笑んだ。

「それなら明日、いっしょに管を探しましょう」

テイラニの言葉はカークの耳に入らなかった。カークは、テイラニの目や唇しか見ていなかった。かつてともにした情熱を、ふたたび分かち合うことしか考えていない。カークには、テイラニにキスすることしかできなかった。テイラニには、カークにキスを返すことしかできなかった。まるで、別れたのちの何十年という歳月など存在しないかのように。

カークはテイラニを抱きあげた。腕に、若さが燃えあがるような感覚を覚えた。膝が痛むはずだが、今は感じない。

カークはテイラニを抱いたままチャルの無残な風景をあとにし、自分の造った戸口をくぐった。

小さいほうの部屋に、ベッドが置いてある。廃品の毛布で作ったマットレス、食糧袋を丸めた枕、シャッターつきの窓。シャッターの隙間から光が差しこみ、縞模様を作っている。まるで外は、いつもの夏のようだ。この惑星や宇宙連邦が死にかけていることなど、夢のように思える。

カークはテイラニを、そっとベッドの上におろした。だがテイラニは、カークの身体に巻いた腕を離そうとしない。

カークは緊張した。二人が離れていた年月が長すぎる。

だが、耳もとでテイラニがささやいた――時間なんて少しもたっていないわ。あなたの造ってくださったこのベッドでは……あなたの建ててくださったこの家では、時の流れなんて、なんの意味もないわ。

カークはテイラニの顔に口を開けた痛々しい傷にキスした。白髪の交じる髪をなでた。テイラニの言うとおりだ。時間など無意味だ。自分のこれまでの人生も無意味だ。大切なのは、このかけがえのない女性の腕の中で過ごす至福のひとときだけだ。

二人は愛をかわした。

初めてのように……過去に何百回も繰り返したかのように。どちらでも変わりはない。長い年月をかけて何光年もの距離をわたり、さまざまな世界を見た末に、ついにジェイムズ・T・カークは自分の探し求めるものを見いだした。

テイラニの腕の中こそ、カークの帰る場所だった。

ベッドに並んで横たわる二人の肌をそよ風がかすめ、汗を冷ました。木の壁の隙間から差しこむ光の中を、塵が舞う。

テイラニが伸びをして、カークにぶつかった。カークはテイラニの手を取り、指にキスした。その手から緊張が伝わってくる。身体を横に向けると、テイラニの曇った顔が見えた。

「どうした？」

「スポック大使は、あなたが行ってしまったとおっしゃったわ」

「シーッ」と、カーク。小声だ。テイラニの目に……クリンゴン人ふうの額の畝に……ロムラン人ふうのとがった耳の先にキスした。「おれは死んだんじゃない。姿を消しただけだ」

「スポック大使は、ご自分でチャルまで知らせにきてくださったのよ。あなたが……姿を消して一年もたたないころに。あなたが〝死んだ〟とはおっしゃらなかったわ。あのかたも、そうだとは信じられなかったのね。でも、〝行ってしまった〟とおっしゃった。〝永遠に〟というおつもりだったはずよ」

テイラニは身体の向きを変えてカークの胸に触り、カークの目をのぞきこんだ。

「ヴェリディアン3の事件のことを読んだわ」

問いかける目だ。カークの返答を期待している。

「おれは死ななかった」と、カーク。微笑をうかべている。

「でも、どうやって……？」

カークは人差し指をテイラニの口に当てた。テイラニの表情から、カークの目に宿る影を見てとったことがわかる。おれがボーグの手で再生させられたことを、宇宙連邦軍はどこまで公表しているのだろう？　ロムランの反体制者がボーグと手を組んで宇宙連邦への侵略を企てたことは、公表されたのだろうか（『カーク艦長の帰還』参照）？　後世の人間に真相を暴かれるまで、隠しておいたほうがいい秘密もある。

「おれは戻ってきた」と、カーク。「それだけではダメか？」

テイラニはカークの胸に頭を押しつけ、強くカークを抱きしめた。カークの胸に、すべての記憶がドッと押し寄せてきた。ボーグの本拠地が爆発する寸前にビーム転送された先……そこで出会った新たな先輩たち……解けた謎。

「またあなたを失うんじゃないかと、心配で……」と、テイラニ。

「今日は大丈夫だ」

二人はもう一度、愛し合った。初めてのように、過去に何百回となく繰り返した行為のように……。

……そして、瀕死の人々の叫び声で目を覚ました。オリオンの戦闘艇が夜空をビームと炎で赤々と彩り、カークの故郷となった死にゆく〈楽園〉に、破壊と死を雨のように降らせている。

12

サレックの首席補佐官の自殺が、あらためてホログラムで再現された。身体が分解し、素粒子の霧になって消えてゆく。もう五回も、この映像を再生した。ほかには誰もいない会議場の一室で、スポックは若い補佐官スレルの様子を見守った。このホログラムに、スレルはどのような反応を見せるのか？

予想どおり、スレルは何の感情も示さなかった。

「この記録は、明らかに偽造です」と、スレル。

「なぜだ？　説明したまえ」

「メンドロッセン氏は死んではいません」

「なぜわかる？」

ヴァルカン人特有の、口数の少ないテキパキしたやりとりだ。スレルは即座に答えた。

「わたしはバベルに到着する前に、あらためて外交団の個人ファイルを調べました。メンドロッセン氏のファイルには、新たに現在の状況が書き加えられていました」

スポックはこの返事に興味をおぼえ、メンドロッセンの姿が消えたホログラムが自動的に終了するのを待たずに、手を伸ばして機械のスイッチを切った。

「なぜ、メンドロッセンの個人ファイルを調べたのかね？」

「わたしは、今日の投票でロムランとの交渉推進に賛同を得られると思っておりました。この機会を逃さずに運動を進めるために、デリケートな外交問題に熟練したスタッフを増やす必要があります。メンドロッセン氏は、サレック大使のもとで立派なお仕事をなさいました。いま携わっておられるお仕事の状況を調べれば、こちらのスタッフとしてロムランとの交渉に協力してくださる余裕がおありかどうか、わかるのではないかと思ったのです」

「結果は？」

「メンドロッセン氏は休暇中でした。現在は何の任務にも携わっておられません。休暇が終われば、新しい任務を引き受けてくださると思います」

スポックはうなずき、背後で手を組んで室内を歩きはじめた。飾りけのない部屋だが、壁に、宇宙連邦に加盟した星系や惑星の旗がかかっている。その多くが軍旗だ。かつては戦った間柄でも、最終的には同じテーブルについて平和交渉ができた実例だ。

「サッカスは今、何をしている?」スポックは歩きながら尋ねた。メンドロッセンがサレックの首席補佐官だったころ、サッカスはサレックの私設秘書をつとめた。ヴァルカン人のサッカスは、レガラ条約の最終交渉のあいだ、テレパシーでサレックの感情抑制を手伝った(テレビ〈新スタートレック〉『英雄症候群』Sarek 参照)。

今度は、スレルが返事をためらった。「わかりません」

妙な反応だ——スポックは思った。

「メンドロッセンのファイルを調べるなら、サッカスのファイルも調べるのが当然ではないか?」

スレルはテーブルに向かって座ったまま、身体の前で両手を組んだ。スポックはスレルの椅子の後ろに立った。いかにも教師の質問に答える生徒といった姿だ。二人のあいだには、大使と補佐官というよりは、師弟としての絆があった。

「サッカスはヴァルカン人です。ロムラン側が、ヴァルカン人を中立のオブザーバーとして認めるとは思えません。メンドロッセン氏は地球人です。ロムランは、メンドロッセン氏がヴァルカン外交団に所属していた点に不満を持つかもしれません。しかし、最終的にはオブザーバーとして受けいれると思います」

「サッカスも現在、休暇中だ」と、スポック。

スレルは椅子に座ったまま、スポックを振り返った。

「大使も個人ファイルをお調べになったのですか?」

「いや」と、スポック。「外交団のメンバーの一人と通信した。個人的に問い合わせたから、通信記録には残らない。外交団にまだスパイが残っていたとしても、警戒される恐れはない」

「論理的に考えて、ヴァルカン外交団にスパイがいることはあり得ません」

「だが、メンドロッセンはスパイだと告白して死んだ」

なぜ死んだと断言できるのか? 地球人なら、そう尋ねるところだ。だがヴァルカン人のスレルは、さらに詳しい情報を求めた。

「自殺だと示す要素がありましたか?」

スポックは上体をかがめ、スレルの背後から手を伸ばして、テーブルの上のホログラム投影機を取りあげた。

「このホログラム投影機には、ニュー・マルタで製造されたパワー・セルが使われている。メンドロッセンが最後に外交団へ通信したのは、ニュー・マルタにいるときだった。メンドロッセンは、旅客シャトル〈オラフ・ステープルドン〉でニュー・マルタへ行った。さらに宇宙連邦軍探査艦〈スローン〉に、外交官特別乗艦の予約を入れた。銀河系標準時間で十日後に出発するはずだった。ところが〈スローン〉がニュー・マルタを発ったとき、メンドロッセンは乗っていなかった。しかし以後、メンドロッセンの存在はニュー・マルタでは確認されていない。従って、メンドロッセンはニュー・マルタで死んだと考えられる。ホログラムも、この仮説を裏づける」

「仮説なら、ほかにもいくらでも立てられます」と、スレル。静かな口調だ。「メンドロッセン氏は、このホログラムを捏造してから身を隠したのかもしれません。あるいは、何者かがメンドロッセン氏を誘拐または殺害し、そのあとでこの映像を捏造したのかもしれません」

「目的は?」と、スポック。

「現時点では、情報が少なすぎてわかりません」スレルは立ちあがった。「何より大事なのは、〃サレック大使は暗殺されたのではない〃という事実です。サレック大使の死因はベンディー症候群です。従って、このホログラムがどのようにして作られたにせよ、〃サレック大使の殺害に関与した〃というメンドロッセン氏の告白は真実ではありません」

スポックは間を置き、心の準備をした。これから言うことは、今日はじめて知った事実の中でも一番ショッキングな部分だ。

「スレル、わたしが確認したところでは、父が医学的にベンディー症候群だと確認された事実はない」

一瞬、スレルの完璧な自制心がゆらいだ。

「スポック大使……わたしはサレック大使のおそばを片時も離れませんでした。ペリン夫人がご看病なさり、ヴァルカンで一流の治療師たちが力をそえておりました。レガラ4の事件……サレック大使の内面の動揺がテレパシーの形であふれ出て、当時ご乗艦されていた航宙艦のクルーに浸透した事件（テレビ〈新スタートレック〉『英雄症候群』Sarek 参照）の報告書を、スポック大使もごらんになったはずです。どの症状を見ても、ベンディー症候群としか考えられません」

スポックは動じなかった。

「目に見える症状はさておき、最終的にベンディー症候群だという診断をくだすには、視床後部の組織を培養するしかない。だが、父の組織片が切り取られて培養されたことは一度もない」

スレルは呆然とした。

「しかし……それは非論理的です。治療師は、患者を治療する際に必ず臨床診断をするものではありませんか？」

スポックはため息をついた。スレルはまだ若い。これから何年もかけて、いろいろなことを学んでいかなければならない。

「スレル、ヴァルカンでも常に論理が通用するとはかぎらない。父は余命いくばくもない高齢の偉人で、一見、ベンディー症候群と思える症状を呈していた。治療師は、父に不快な思いをさせてまで視床後部組織を切り取る必要はないと判断した——そう考えるのが妥当ではないか？」

不意に、スレルは元どおり腰をおろした。身体をこわばらせ、目をテーブルの向こうの壁へ向けている。ちょうど正面に火星コロニーの旗がかかっている。旗にはレーザー光線で開けられた穴がズラリと並び、はるか昔のコロニー自治宣言戦争の跡をとどめている。

「わたしはサレック大使のスタッフの一人でした。わたしがもっと気をつけていれば、あんなことにはならなかったかもしれません」

「後悔は非論理的だ」と、スポック。自分でも説得力のない言葉に聞こえた。だが、スレルはスポックの言葉を聞いていないようだ。今は何を言っても耳に入らないだろう。

「サレック大使を殺したいと思う人物がいたのでしょうか？」

スポックはスレルのそばに座った。もはや〝生徒と教師〟ではない。同じ気持ちでサレックという偉大な師を悼む二人の相弟子だ。

「父の在職期間は百五十年以上にわたっている。これほど長く活躍すれば、敵もできる。あるいは、メンドロッセンの言った〝大義〟や〝改革〟のために活動する輩を敵に回したかもしれない」

「しかし、あんな殺しかたをするとは……」と、スレル。

「どんな殺しかたかね？」

スレルはチラリとスポックを見た。

「ベンディー症候群に見せかけて殺すことです」

「そのとおりだ。だが、どうやって成功させたのだろう？」

スレルは部屋の壁を見まわし、やがて視線を落としてテーブルを見つめた。

「わたしには……わかりません」と、スレル。

「可能な方法が三つある」

「それも、外交団の誰かと話し合われたのですか？」

「ヘルス・センターのホロデッキで、ヴァルカンの犯罪捜査の専門家を呼び出した」

スレルは当惑を隠そうとしなかった。

「ヴァルカンの犯罪捜査の専門家――ですか？　ヴァルカンには犯罪などありません」

「サレック大使暗殺事件がある」と、スポック。そっけない口調だ。「わかっている。ヴァルカンでは犯罪は皆無に近い。だが、わたしは社会学と医学の専門システムをいくつか変更し、地球の小説に出てくる探偵シャーロック・ホームズのホログラムとインターフェースした。あの男の〝犯罪が成立するためには、動機と機会と手段という三条件が一つ残らず満たされなければならない〟という意見は非常に参考になった。趣味のバイオリンの腕は、せいぜい初歩というところだが」

「ホロデッキで、小説に出てくる地球人の探偵と話し合われたのですか？」と、スレル。ヴァルカン人が衝撃を受けたときの口調だ。「そのような方法は、ヴァルカン科学アカデミーでは教わりませんでした」

「わたしは臨機応変に対応することを学んだ」

「たしかに、おっしゃるとおりですね」と、スレル。

スレルは動揺を抑えきれず、必死に心を落ち着けようとした。やがて座ったまま身を乗り出し、またしても両手を前で組み合わせた。教えを乞う姿勢だ。

「では、ベンディー症候群に見せかけて殺す三つの方法とは、どんなものですか？」

「第一は、テレパシーで症状を誘発する方法だ」と、スポック。「それには、殺人犯が何度も、被害者と無理やり精神融合しなければならない。精神融合した記憶をそのつど消しながら、ベンディー症候群の症状を相手の脳に植えつけてゆく。第二は、飲食物に継続して重水素を入れる方法だ。ヴァルカン人の神経組織に重水素が蓄積すると、神経機能が低下する。だが、この方法は検死で見破られてしまう。第三は、ベンディー症候群の病原体に接触させる方法だ」

スレルは目をパチクリさせた。

「ベンディー症候群は伝染病ではありません」

「どんな病気でも、被害者の体内へ故意に大量の病原体を入れれば、発病させられる」と、スポック。

スレルはしばらく無言で考えこんだ。

「しかし、犯人はなぜ、そんな回りくどい方法をとったのでしょう？　ただ射殺するほうが簡単ではありませんか？　ビーム転送機で分解して実体化しなかったり、毒を盛ったりする手もあるはずです」スレルはスポックを見た。相変わらず、教えを乞う目だ。「サレック大使が亡くなられたのは、ベンディー症候群の症状が現われてからおよそ三年後です。犯人はなぜ、そんなに時間のかかる方法をとったのでしょう？」

「理由は明白だ。暗殺だと気づかれては困るからだ。ことによると、サレック大使の能力を弱めるだけで充分だったのかもしれない」

「サレック大使は、たしかに体力が少しずつ弱ってきておられました」と、スレル。「しかし能力の点では、感情を抑制なさったときは、以前と変わらずに有能でいらっしゃいました」

「しかし、体力が衰えれば、手をつけた任務でも、あきらめなければならないものが出てくる」

「おっしゃるとおりです」

「だが、あきらめなかった任務もある」と、スポック。メンドロッセンが〝ゴンサール地方の長官〟に知らせた任務だ。「アムタラの賠償問題、宇宙連邦軍ファースト・コンタクト規約の新案起草、アンドリアのドロール石の返還問題、それにロムランとヴァルカンの再統一問題だ」

　スレルはのろのろとうなずいた。「おっしゃるとおりです」

「したがって、論理的に考えると、サレック大使を殺害した理由は、これらの交渉のうちのどれか——または、いくつか——に関係がある」

「サレック大使は、ロムランとヴァルカンの再統一運動には携わっていらっしゃいませんでした。スポック大使が関わっておられたので、進行状況をお気にとめていらしただけです」

「たしかに、そのとおりだ」

「サレック大使は……スポック大使がとられた手段についてはともかく、スポック大使のご活躍ぶりを喜んでおられました」

スポックは片方の眉を上げた。若輩のスレルがサレックの息子に向かってサレックの感情を話題にするなど、不道徳に近い行為だ。スポックは話題を変えた。

「ホロデッキの探偵は、三つの殺人方法に共通する要素を指摘した」

「犯人が一定の期間、継続して被害者に接触しなければならない点ですね」と、スレル。

スポックはあらためてスレルの明敏さに感心した。即座に論理的な返答を返してくる。先ほどは動揺のあまり、ヴァルカン人らしくない発言をしてしまったのだろう。

「何人か容疑者が浮かぶ」と、スポック。その先はスレルに言わせるつもりだ。

「ペリン夫人。サッカス。自白したメンドロッセン氏——」

「メンドロッセンが自分で手をくだしたとはかぎらない。共犯者かもしれない」スポックが訂正した。「つまり、ほかにも〝大義〟や〝改革〟を理由に共謀した者がいるかもしれない」

「それから、わたしも容疑者です」と、スレル。事務的な口調だ。「さらに、サレック大使を看護した治療師(ちりょうし)たち」スレルはいったん言葉を切った。「サレック大使が亡くなられるまでの数年間の訪問客と面会予約者のリストを入手する必要がありますね」

「リストは用意させた。ヴァルカンにある」と、スポック。

すでにスポックは、第三者——サレックの生涯を研究論文にまとめるという学者を通じて——ヴァルカンの公式記録の写しを入手するよう頼んでおいた。

「リストはいつ入手できるのですか？」と、スレル。

「われわれがヴァルカンに到着すれば、すぐに手に入る」

　スレルは目をパチクリさせた。

「わたしは、ロムラン帝国との境界宙域へ戻られるものだとばかり思っておりました」

「ロムランは後まわしだ。わたしにこのホログラム投影機を届けにきたクリンゴン人は、その後、行方をくらました。〝ゴンサール地方の長官〟に関する資料は、ライブラリーのネットワークには載っていない。つまり、亜空間通信で得られる情報はもう何もない。どんな答えが得られるにせよ、答えはヴァルカンに——いわば犯行現場に——ある」

　スポックは立ち上がった。会談が終わったという合図だ。スレルは直ちに立ちあがり、着ていた長い黒の長衣の皺を伸ばした。

「ヴァルカン行きの準備をしてまいります」

　スポックはうなずいた。

　ドアへ向かったスレルは不意に何か思いついたらしく、途中で振り返った。

「大使、メンドロッセン氏の自白記録が正体不明の人物によってわざわざ届けられたことを考えますと、サレック大使の殺害犯人を調べにスポック大使ご自身がヴァルカンへ戻られるのは、向こうの思うツボではないでしょうか？」

「むろん、向こうの思惑どおりだ。肝心な点は、相手が誰かを突き止めることだ。死んで罪を償おうとしたメンドロッセンか？　それとも、未知の動機を持つ未知の人物——あるいは団体——か？」

スレルは、警戒する口調で言った。

「大使、どうかご注意ください。サレック大使を殺害した人物あるいは団体は、犯行が露呈することを恐れれば、躊躇なく二度目の殺人に走るでしょう」

「当然、わたしに真相を知られるのを恐れるはずだ」

スレルには、スポックが何を言いたいのかわからなかったらしい。

「わたしの身体には、ヴァルカン人の血は半分しか流れていない」と、スポック。「残りの半分は地球人だ。父が本当に殺されたのであれば、犯人が誰であろうと、わたしの地球人の血が許さない」

スレルは両眉をあげた。よほど驚いたらしい。感情をあらわにして復讐を誓うのは、ヴァルカンの道徳に反する。

スポックはスレルの顔を見返した。反する？　いや、これでいい。今のわたしには復讐がすべてだ。論理も、論理哲学の創始者スラックも、知ったことではない。

13

ビシューッという耳障りな音に、カークはベッドから跳び起きた。忘れもしないフェイザーの発射音だ。無意識のうちに身体が動く。

ヴァルカンのマントを引っかけて、寝室から走り出た。外へ出てみると、惑星チャルの夜空に低く垂れこめた雲が、空中を飛び交うフェイザー・ビームに照らされて明滅し、地上の爆発と炎上を映して赤く燃えている。

ふと気がつくと、隣にテイラニがいた。辺りに響くかん高いインパルス・エンジンの唸りにも怯える様子はない。カークの腕をつかみ、毅然として立っている。

「大気圏内戦闘艇よ」と、テイラニ。はるか頭上を走る一筋の青い光を指さした。戦闘艇の航跡だ。「高周回軌道から降下してくるわ」

カークは航跡を目で追った。

「救援本部へ向かっているな」

カークは踵を返して小屋へ駆け戻った。一分後に身支度を整えて出てくると、足を止めた。すでにテイラニは身支度をすませている。

遠くで爆発音がし、大地が震動した。

「きみは、ここにいろ」と、カーク。反射的に出た言葉だ。

テイラニは笑顔で応じた。

「ジェイムズ、ここは、わたしの故郷よ。わたしたちは、前にもこの惑星を守るためにいっしょに戦ったわ。今度も、いっしょに戦いましょう」

カークはテイラニを固く抱きしめた。それから二人は赤々と燃える空の下を、市の中心部へ向かって走りだした。

クリスチン・マクドナルドは必死にキャンプ・ベッドの下から這い出た。そのままテント内の床の上を進み、通信記章をとめた制服をてさぐりした。

爆発が起こり、眠っていたベッドから投げ出されたらしい。まだ耳がガンガンする。フェイザーの閃光が走り、クリスチンは目を細めた。近くの建物に命中したようだ。中距離用フェイザーのオレンジ色のビームだ——ということは、フェイザーは上空の周回軌道からではなく、この惑星の大気圏内から発射されている。周回軌道上の〈トビアス〉は、敵の母艦に破壊されたのだろうか？　まだ無事なら、戦闘艇の二、三機くらい〈トビアス〉にいるクルーがなんとかしてくれそうなものだ。

　またしても爆風がクリスチンを襲った。テントが崩れ落ち、クリスチンの身体にまとわりつく。幾重にも折り重なった布がのしかかり、両腕が身体の脇に押しつけられたまま動かせない。クリスチンはあえぎながら、顔に重くのしかかるテントと格闘した。

　そのとき、煙の臭いがした。この刺激臭……テントの断熱材だわ。テントに火がついたのね！　制服も着ない姿で死んでたまるもんですか。死ぬときは、宇宙連邦軍士官として死ぬわ。

　クリスチンはもがくのをやめ、両腕の力を抜いた。死んでたまるもんですか。

　重苦しい布の中で、顔をあちこちへ向けた。ある方向を向いたとき、右の頬にかすかな風を感じた。完全に布に巻きこまれたわけじゃないわ。どこかに抜け穴がある――クリスチンは右肩をまわしてみた。身体の右側を押しつける重い布が、数センチ持ちあがった。

　頭上を猛スピードで駆けぬける戦闘艇の轟音も、直後に押し寄せる衝撃波の爆音も、無視した。身体の左側がどんどん熱くなってくることも意識しなかった。まず、目の前の問題を片づけるのよ――自分に言い聞かせた。どうやって反撃するかは、あとで考えればいいわ。

素足に熱い突風が当たった。クリスチンは足を曲げてバタつかせ、身体をひねった。腰に押しつけられていた右手が自由になった。そのまま身をくねらせて腹ばいになり、地面に右手を突っぱる。首を起こし、肩を地面から持ちあげ……

……ついに崩れたテントの下から抜け出た。辺り(あた)は火の海だ。

救援隊のキャンプは戦場の風景に変わっていた。町の広場の向こう側にあるホスピスは、まるで業火の燃えさかる地獄だ。

クリスチンはTシャツと短パン姿のまま立ちあがって、即座に辺りの状況を把握(はあく)した。襲撃者は何者かわからないが、町の人間を皆殺しにする気らしい。顔にかかる髪を払い、周囲を見わたした。崩れたテントからあがる炎の壁が、一ヵ所とぎれている。およそ五メートル先だ。あそこを駆け抜ければ……黒こげのテントを裸足(はだし)で踏むことさえ我慢すれば、火の海から出られる。うまくゆくかもしれない。

出てから、どうする？

クリスチンは自分の周囲の地面を覆(おお)うテントを見おろした。モクモクと立ち昇(のぼ)る煙とゆらめく炎の切れめに目をこらすと、テントの下に折りたたみの椅子が横倒しになっているのがわかった。ほんの一時間前、ぬいだ制服をあの椅子に投げかけてベッドへ入った。

押し寄せる炎にもひるまず、クリスチンは地面に崩れたテントの上をよろよろと進んだ。

やがて、布が椅子の形に盛りあがった所にたどり着いた。布の上から椅子の脚をつかみ、ゴシゴシと布にこすりつける。布に穴があくと指をかけて引き裂いた。広げた穴の中へ差し入れた手が、制服の長衣(チュニック)に触れた。ひっぱりだして、通信記章を叩(たた)く。

「マクドナルドより〈トビアス〉——一名ビーム転送収容。急いで!」

地面を覆(おお)うテントに火がついてドッと燃えあがった。火勢にあおられたテントが、クリスチンめがけて押し寄せてくる。次の瞬間、クリスチンは別の光に包まれた。周囲の光景が薄れ……

……気がつくと、〈トビアス〉の転送台の上にひざまずいていた。

クリスチンは長衣(チュニック)を握りしめたままパッと立ちあがった。戦闘(バトル)ステーションの警報が響く。警報ランプの光が目を射た。

「状況は?」クリスチンは転送士に向かって叫んだ。

クリスチンの隣に二つの光の柱が現われ実体化した。一つはム＝ベンガだ。ズボンの脚についた火花を払っている。もう一つはチャル人の若者だ。まだ目が覚めきっていない。

「こちらのセンサー波が敵に妨害されています!」と、転送士。「ですが、地上の人間の座標をロックできしだい、強引(ごういん)にビーム転送収容しています」

クリスチンはム＝ベンガとチャル人の若者の腕をつかみ、転送台から引きずりおろした。

転送台の上に、新たにエネルギーの柱が現われた。また一人、クルーが虐殺現場から救い出されたようだ。

「本艦は攻撃されているの？」と、クリスチン。

不意にグラリと床が傾いた。何かの衝撃で防御シールドがゆがんだらしく、艦体が震動している。

「連続攻撃を受けています」と、転送士。両手をコントロール装置の上で、めまぐるしく動かしつづけている。「バーク大尉が船の指揮を取っておられます。できるだけ軌道上にとどまり、防御シールドの周波数が変わる切れ目を狙ってビーム転送収容を進めろとの命令です」

クリスチンはビーム転送装置のコンソールへ駆け寄った。

「地球人だけを捉えるようにセンサーをセットして。チャル人や、通信記章をつけた者は除外しなさい」

転送士はギョッとして、半裸のクリスチンを見返した。

「艦長、今は見つけしだい地上のクルー全員を収容しなければなりません。地上にいては虐殺されてしまいます！」

クリスチンは次々と乱暴にスイッチを叩き、コントロール・パネルから地上の通信記章の座標情報をすべて消し去った。

「センサーで地球人男性を捉えなさい。きっと、攻撃の中心地へ向かって走っているわ」

転送士は顔をしかめた。わけがわからないらしい。

「〝向かって〟ですか？　ほかの人たちはみな攻撃の中心から遠ざかっていますが」

「それなら、見つけやすいでしょう――」またしても床が傾いた。照明がちらつき、非常用の生命維持装置が作動しはじめた。「――いいわね、少尉？」

「了解」と、転送士。額から汗がしたたり、コンソールの上に落ちた。「移動中の人物を発見しました。市内へ向かって……」

「座標をロックしなさい」と、クリスチン。

「防御シールドの周波数が変わるまで、ビーム転送はできません」

艦体が三十センチほど落下したような感覚に襲われた。人工重力が狂いはじめている。

「バーク大尉が防御シールドをオフにしてくれません。周波数も変わらないようです……」と、転送士。

クリスチンはコンソール上にあるインターコムのスイッチを叩いた。

「マクドナルドよりブリッジ！　バーク大尉、ビーム転送装置の導波管の部分だけ、防御シールドをオフにして！　早く！」

スピーカーからバークのどなり声が聞こえた。

「艦長、そんなことをしたら本艦は〝クリンゴンの一秒〟ももちません！」

「バーク機関長、これは命令よ！」

返事の代わりに、テラライト人のけわしい唸り声が聞こえた。だが、命令には従ったようだ。転送士が、防御シールドに隙間ができたと報告した。

「ビーム転送開始！」と、クリスチン。

次の瞬間、実体化したカークが転送台から駆け降りた。走っている最中だったのだろう。カークがクリスチンを振り返った。その顔に当惑の色はない。まるで、走っている途中でビーム転送されることなど日常茶飯事のようだ。この前この艦へきたときとは、大ちがいだわ――クリスチンは思った。確かに、この人は歴史の教科書に出てきたカーク艦長……あこがれのカーク艦長だわ。

「チャルには、おれの助けを必要とする人たちがいるんだ！」と、カーク。

クリスチンはカークへ駆け寄った。「この艦にも、あなたが必要なんです！」またしても敵の砲撃の音がビーム転送室に響いた。「本艦は攻撃されています。助けてください！わたしの戦闘体験は、宇宙連邦軍士官学校時代のシミュレーションだけなんです！」

「戦闘なんか知ったことか！　なぜ、おれを巻きこむ？」と、カーク。腹立たしげな口調だ。

　クリスチンはカークの胸ぐらをつかんだ。何がなんでも手伝ってもらわなければならない。

「あなたの正体を知っているからです、カーク艦長。今この危機を脱するには、あなたに頼るしかないんです！」クリスチンはカークのシャツを放した。「ブリッジへ行ってください！　命令です！」

　カークは歯を食いしばり、怒りに燃える目でクリスチンをにらみつけた。クリスチンも負けずににらみ返す。

　カークは転送士を振り返った。「おれのそばに女性がいたはずだ。同じ方向へ走っていた」視線をクリスチンへ戻して、言葉をつづけた。「その女性をここへビーム転送してくれ。テイラニだ。おれがブリッジへ着くまでに乗っていなかったら、この艦もろとも全員を恒星の中へ突っこんでやる」

　クリスチンはパチンと指を鳴らし、振り向いた転送士に言った。「聞こえたでしょう！　その女性の座標をロックして、ビーム転送収容しなさい！」カークをにらみ返した。「ほかに何か？」

「いや、それだけでけっこうだ。だが事態が落ち着いたら、ゆっくり話し合わなきゃならないな」

カークはドアへ向かって走った。ドアが左右に割れて開いた。

カークにとってはまるで悪夢だった。グラリと傾いては震動するこの艦(ふね)は、〈トビアス〉だ。わかっている。だが、カークの目には〈エンタープライズB〉の通路が重なって見えた。

あのとき、おれは防御シールド・コントロール室へ向かって走っていた。ブリッジにはハリマン艦長がいた。オペレーション・ステーションにはスコッティがいて、いっしょに艦(ふね)を守っていた。〈永遠の楽園(ネクサス)〉が野獣のように、防御シールドもろとも艦体を引き裂いた。野獣の爪が隔壁を突き破っておれをつかみ、おれをあの時代から引きずり出した——（『スター・トレック7 ジェネレーションズ』参照）。

ターボリフトのドアが開き、カークはブリッジへ跳(と)び出した。中央の司令席にいたテラライト人バーク大尉が、さっと立ちあがった。

「カーク艦長、わたしは機関長のバークです。マクドナルド艦長から、カーク艦長が指揮を取られると連絡を受けました！」

カークはバークの代わりに司令席についた。目をメイン・スクリーンへ向けている。星原のどこからかフェイザー・ビームが飛んできて、艦体が揺(ゆ)れた。

「防御シールドの強度は?」カークは叫んだ。

「艦首は四十パーセント、艦尾は八十パーセントです」操舵席から返事があった。

カークは操舵士へ目を向けた。男か女かはわからないが、ヒューマノイドだ。全身が虹のように輝く青と紫の鱗(うろこ)に覆(おお)われ、ゴワゴワした長いたてがみを持ち、両肩から巻きひげ状の触手が何本も垂(た)れさがっている。だが、観察している暇はない。

「敵艦の数は?」と、カーク。

「軌道上には一隻いるだけです」と、操舵士。

「では、艦(ふね)の向きを逆にしろ!」

即座にメイン・スクリーンの星原が回転した。惑星チャルの夜側の面がサッと画面上を走ってゆく。

またしても艦体が衝撃を受けた。だが今度は、防御シールドの強度が増している。

「防御シールドの状況が変わるたびに知らせてくれ」と、カーク。

「艦尾は七十七パーセントの強度を維持しています」と、操舵士。

「砲術士は誰だ?」

かたわらのバークが、イラ立たしげに唸(うな)った。「その……本艦は科学艦です。砲術士はおりません」

鱗のある操舵士が、コントロール・パネルを見つめたまま片手をあげた。

「わたしが武器を担当します」と、手には関節のない指が三本あり、指先は鋭い鉤爪になっている。

「では、メイン・スクリーンに艦尾センサーが捉えた映像を出してくれ」と、カーク。「敵艦までの距離と、相手の大きさを知りたい……チャルの大気圏内に入っている戦闘艇は何機だ？」

「七機です」

カークは椅子の背にもたれて、メイン・スクリーンを見つめた。指でコツコツと椅子の肘掛けを叩いたが、不意にその手を見おろした。知らないうちに何かのスイッチに触れたりしなかっただろうな。

「あれは標準型のオリオン航宙母艦だ」と、カーク。「敵が何者か、見当がつくか？」

通信席から短い金髪の士官が振り返った。

「警告はありませんでした。こちらの呼びかけにも、まったく応答しません」

「最大倍率で、あの母艦を拡大してくれ」

メイン・スクリーンの映像がゆらめき、小さな光点が大きくなった。カークは敵艦の特徴を見てとった。

「防御シールドからエネルギーを流出させている。こちらのスキャンを防ぐためだ。艦(ふね)の等級を知られたら、心臓部を狙い撃ちされるからな」

バークはチラリとカークを見た。

「前にも、あの艦(ふね)をごらんになったことがあるのですか？」

「昔ながらのオリオン人の手口だ。敵は宙賊だな」

「この星区(セクター)には、もう一世紀も宙賊は現われていません」と、バーク。信じられないと言わんばかりの唸(うな)り声だ。

ブリッジが揺(ゆ)れ、センサー制御ステーションから火花が散った。

「きみが指揮を取るかね？」と、カーク。挑戦的な口調だ。

「いいえ、けっこうです」と、バーク。

カークはメイン・スクリーンに向きなおった。考えようとしなくても、次々と頭に戦略が浮かんでくる。まるでプログラムされたかのようだ――カークはかすかな戸惑いを感じた。宇宙連邦軍にプログラムされたのか？　こういう生きかたが、おれの宿命(さだめ)なのか？

「軌道上の母艦は放(ほう)っておこう」と、カーク。考えるまでもなく、オリオン宙賊の得意な戦略を次々と思い出した。「チャルを襲撃している戦闘艇のほうを片づけなければならない。操舵士、この艦で大気圏内での戦闘に使える武器はなんだ？」

「ありません」

「魚雷はないのか？」

「ありません」

「フェイザー砲は？」

「ありますが、航宙時の障害物を取りのぞくためのものです。いちど発射すると、次に備えてパワーをあげるまでに時間がかかります。戦闘艇を攻撃するペースには間に合いません」

カークは椅子に座ったまま身を乗り出した。

「大気圏へは入れるんだな？」

操舵士は肩越しにチラリとカークを振り返った。長いたてがみのあいだから真剣な緑色の目がのぞき、カークの目を見つめた。

「入れます。しかし、動きがぎごちなくなります」

やれやれ、期待はずれの返事ばかりだ。だが、嘆いてもいられない。

「首都へ向けて針路をセットしろ。降下する」

クリスチン・マクドナルド艦長の部下たちは、艦の能力を上まわるめざましい働きを見せた。カークが命じるやいなや、メイン・スクリーン上の星々がいっせいに上へ流れ、惑星チャルの夜側の面が急速にせりあがってきた。大気との摩擦で艦体が細かく震えはじめ、カークは椅子の肘掛けにつかまった。

「構造保全フィールドは持ちこたえています」と、操舵士。「目標まで、あと二分です」

カークは一同の視線を感じた。目標まであと二分。そして、そのあとは？ 武器はない。

動きはぎごちない。首都を破壊している七機の戦闘艇の格好の標的になるだけだ。オリオン宙賊どもの目を引かずにすむはずはない。

そのとき、妙案が浮かんだ。

「操舵士、戦闘艇を追跡しろ」と、カーク。背後でターボリフトのドアが開く音がした。まもなくカークの右にテイラニが、左にクリスチンが現われた。クリスチンは制服姿に戻っている。

「状況は？」と、クリスチン。

「九十秒後にわかる」と、カーク。「操舵士、速度をマッハ三に維持しろ。超音速の衝撃波がつづくあいだは周囲の空気が変質するから、それに備えて防御シールドを強化しろ。ただし、敵が向かってくるまで防御シールドを広げるな」

操舵席の異星人には、カークの意図はわからなかった。だが、カークの命令を忠実に実行した。鉤爪がコントロール・パネルの上を飛びまわる。カークは満足した――ここの艦長はクルーを良く訓練している。

「戦闘艇が針路を変えました」と、バーク。「こちらの侵入を妨害するようです」

「針路を変えるな」と、カーク。「敵に向かって直進しろ。衝突する寸前に急降下し、トラクター・ビームをいっせいに散開させて発射しろ」

バークがカークのそばへ寄り、声を低めて言った。

「このスピードでは、トラクター・ビームで七機すべてを捕捉するのは無理です」

「捕捉する必要はない」と、カーク。「敵は、空気の揚力で飛ぶ大気圏内戦闘艇だ。衝撃波で空気が変質したところをトラクター・ビームで一、二秒おさえてやれば、操縦がきかなくなる」

「向こうが非常用の反重力装置を備えていたら、どうなりますか?」

「そのときは、向こうの速度がこちらと同じマッハ三まで落ちる。向こうはすぐにも周回軌道へ戻ろうとするだろう」

「敵機が集結しています」と、操舵士。「接触まで二十秒」

「防御シールド拡大の用意……」

メイン・スクリーンに、輝く七本の細い航跡が見えた。またたく間に形が崩れ、背景の黒い本島のシルエットに溶けこむ。〈トビアス〉を迎え撃ちに上昇してきたようだ。

そのとき、航跡のあいだからフェイザー・ビームが何本も飛び出した。艦首の防御シールドがゆらめき、メイン・スクリーンが真っ赤になった。大気の摩擦ですでに負担がかかっている防御シールドは、今にもオーバーロードしそうだ。

「艦首の防御シールド二十三パーセント」と、操舵士。「接触まで八秒……十七パーセント……五秒……十二パーセント……」

テイラニがカークの手を握った。カークはチラリとクリスチンを見た。クリスチンは大きな笑みを浮かべてメイン・スクリーンを見つめている。カークと同様、うまくゆくと確信しているらしい。

〈トビアス〉のブリッジがガクンと前方へ傾いた。インパルス・エンジンの轟音とともに、メイン・スクリーンが炎に覆われ――

――鱗のある操舵士が歓声を上げた！

「四機が落下します！　多重衝突です！　空中で爆発しました！」

カークは身を乗り出した。歓声は耳に入っていない。

「残りの三機は？」

メイン・スクリーンの映像が変わり、炎をあげて落下する戦闘艇の破片が映った。噴射光の筋が一本、ラセンを描いて海へ向かっている。壊れていない一機がきりもみ降下している らしい。

「一機は操縦不能……残り二機は、反重力推進で周回軌道へ向かって上昇中です」

「撃墜しろ」

「了解」と、操舵士。あやふやな口調だ。

〈トビアス〉は標的を追うために針路を変えた。

そのとき、初めてクリスチンがカークに話しかけた。

「敵はもう無力です。放っておきましょう」

カークはクリスチンへ鋭い目を向けた。まだ未熟だ。艦を指揮するには若すぎる。

「あの二機が母艦までたどり着けば、破損個所を修理できる。あらためて降下してきたら、もう同じ手は通用しないぞ」

「敵を射程内に捉えました」と、操舵士。「フェイザー砲をロックしました」

カークが発射を命じるより早く、クリスチンが言った。

「ビーム転送室、戦闘艇のパイロットたちを拘禁室にビーム転送収容して」

ブリッジのスピーカーから、転送士の声が答えた。

「中佐、敵はシールドをオンにしています」

カークは躊躇するクリスチンを振り返った。

「あの連中がこの都市に何をしたか、見ただろう？」

クリスチンは歯を食いしばった。

「それが、カーク艦長の時代のやり方ですか？　情容赦もなく敵を虐殺するのが？」

この小娘に、宇宙の現実の厳しさを説明している暇はない――カークはメイン・スクリーンへ向きなおった。

「フェイザー砲、発射」

クリスチンが命令を撤回する暇もなく、フェイザー砲の発射音が響いた。

メイン・スクリーン上で遠ざかる小さな光点に見えた戦闘艇が、小さな恒星のように燃えあがった。そのまま炎を尾を引いて、はるか下へ落ちてゆく。

「カーク艦長」と、操舵士。「敵の母艦が軌道を離脱します。ワープしようとしています」

「追跡はしません」と、クリスチン。断固とした口調だ。

意外にも、カークはあっさり同意した。「チャルへ戻ったほうがいい。われわれの仕事はチャルにある」

カークは椅子から立ちあがり、テイラニのそばへ寄った。クリスチンが艦の指揮を引き継ぎ、周回軌道へ戻るよう命じた。

「大丈夫？」テイラニがカークを見た。ごまかしは通用しない目だ。

カークは、まずいことをしてしまったという思いをぬぐいきれなかった。司令席に座って戦闘の指揮を取った興奮の名残で、まだ身体が震える。

「二度とやりたくない」と、カーク。「もう……疲れた」

テイラニがカークの身体にそっと腕をまわした。「家へ帰りましょう」

二人はターボリフトへ向かった。

「待ってください、カーク艦長」

クリスチンの叫び声に、カークは床の高くなった後部ブリッジで立ち止まった。

「バークの話では、襲撃犯はオリオン宙賊だとおっしゃったそうですね」

カークはうなずいた。

「ほかに、何かご存じありませんか？　なぜわたしたちを襲ったのか、わかりますか？」

カークは内心ため息をついた。過去のさまざまなことを忘れたい。何度もそう思うのだが、誰も忘れさせてくれない。

「メイン・スクリーンに、上空から見た首都の映像を出してくれ」と、カーク。映像が現われると、背後のテイラニが身体をこわばらせた。爆撃されて焼けた建物の跡が、整然と並んでいる。「地図を重ねてくれ」

地図が現われた。どの建物が攻撃されたか、一目でわかる。バークがテラライト語で悪態をついた。

「通信システムが、ことごとく破壊されているわ」と、クリスチン。「亜空間発信機も、長距離センサー・アレイも」カークを振り返った。「わたしたちを通信不能にするのが目的だったのですね。なぜでしょう？」

「司令部に問い合わせなかったのかね？　チャル人（チャルチャイ＝クメイ）のことや、ウイルスが故意にばらまかれた可能性について？」

クリスチンの顔から血の気（け）が引いた。「問い合わせました」

「では、考えるまでもない」カークはクリスチンに背を向けて、ターボリフトへ向かった。

「何者かが通信を傍受（ぼうじゅ）したんだろうな」

14

「こちらで、ちょっとした暴動が起こったのです、ライカー中佐」

〈エンタープライズE〉のメイン・スクリーンには、ガモー・ステーションの所長キンケードが映っていた。礼儀正しく、困惑と懸念の表情を浮かべている。

「わたしがピカード艦長とお話ししている最中に、暴徒がこの管理局ビルへ乱入してきました。医療用の有害物除去レーザーでピカード艦長の宇宙服を切り裂き、ピカード艦長を人質に取ったのです」

ライカーはこみあげる怒りを抑えた――だから言ったんだ。航宙艦の艦長は、艦を離れるべきではない。いつ不測の事態が起こるかわからない。それなのに、ピカード艦長はガモー・ステーションへビーム転送降下した。

「そちらの防御シールドをオフにしていただければ、こちらで艦長の位置を確認して、ビーム転送収容できます」と、ライカー。冷静な口調だ。

「さきほども申しあげましたが、ピカード艦長はここの空気に触れられ、ウイルスに感染なさいました。ご本人には別に危険はありませんが、体内にウイルスをお持ちですから、植物にウイルスを伝染させ、新たにそちらの艦船や別の星系に植物の病気を広める恐れがあります」

ライカーはイライラして大声でわめきたくなった。艦長が戻ってくるなら、〈エンタープライズ〉のクルー全員が感染したって、かまうことはない。所長がなんと言おうと、艦長を取り戻してみせる。問題は、どうやって取り戻すかだ。

だが、今は頭に血が昇って冷静に考えられない。背後で、トロイとボラルス人大尉ロルクの話し声がする。ライカーは艦長席から振り返り、静かにするよう命じた。今は頭を集中しなければならない。集中しなければ……。

カウンセラー・トロイの合図で、保安士のロルクがコンソールのスイッチを叩いた。ライカーの視野の隅でメイン・スクリーンが消え、ブリッジ前面の柔らかな無地の壁だけになった。

「ディアナ、どうした?」と、ライカー。

なぜトロイは、ガモー・ステーションとの通信を途中で切ったのだろう?

「ウィル、所長は嘘をついているわ」

「どこが嘘なんだ？」

トロイは肩をすくめた。「ほとんど全部が嘘ね。でも、暴動のことを話したときに、いちばん強く嘘を感じたわ」

「艦長は無事か？」と、ライカー。いちばん知りたい部分だ。

「ええ、無事だと思うわ。所長は、なぜかピカード艦長のことを非常に気にしてるの」

「ではキンケード所長も、艦長を人質に取った連中の仲間かもしれないな」

「所長も何らかの形で関与していることは、まちがいないわ」

ライカーは自信と落ち着きを取り戻し、大きな声でキビキビと命じた。

「カウンセラー、通信画面に入らない位置で、おれから見える所に立ってくれ。ロルク大尉、スクリーンをオンにしてくれ」

またしても壁の前にバーチャル・スクリーンが形成され、キンケードの姿が現われた。

「どうかなさいましたか、中佐？」

「このスクリーンが新しいものなので、まだ調整が不充分なんです」ライカーは涼しい顔で嘘をつき、艦長席で胸をそらした。「キンケード所長、当方からステーションへ緊急チームをビーム転送降下させて、そちらの保護シールド発生機を爆破させます」

ライカーはちらりとトロイへ目をやった。トロイは、かすかな身ぶりでライカーに伝えた——所長はうろたえているわ。

だが、スクリーンに映るキンケードは同情と懸念の表情しか浮かべていない。

「大胆なご計画ですね、ライカー中佐。しかし、保護シールド発生機を破壊されれば、ステーション全体が外部の危険な自然環境にさらされます。それに、暴徒は『人質を救出しようとすれば、ピカード艦長も、ほかの人質も殺す』と言っていますよ」

「暴徒は、ピカード艦長といっしょにステーションの外へ出るつもりではないのですか？」と、ライカー。怪訝な表情だ。すばやく頭を働かせた——では、何が目的で艦長を人質にしたんだ？

「ここの人間がどこへも行けないことは、よくわかっているようです。要求しているのは、食糧だけです」

ブリッジの壁際へ身を寄せたトロイが、唇だけを動かして知らせた——嘘よ。

ライカーは艦長席から身を乗り出した。

「その人たちに、『要求に応じて、追加の食品合成機を支給する』と伝えてください。ほかにも、用意できるものならなんでも支給しましょう。ただし、われわれが直接ピカード艦長と話して、無事を確認することが条件です」

「善処いたします、中佐。ただ……こちらの状況は……だいぶ混乱しておりますので」

「状況がどれほど〝混乱〟しているか知りませんが、その人たちに伝えてください。〈エンタープライズ〉のフェイザー砲が気密ドームに穴を開けたら、中の人々は外の有害な硫黄ガスにさらされる。そのときには、本物の〝混乱〟を味わうはずだ——と」

ライカーはキンケードの警戒心の高まりを見てとった。ベータゾイド人のトロイの感情移入能力の助けを借りるまでもない。

「罪のない千四百人の命を危険にさらすとおっしゃるのですか？」と、キンケード。「所長、わたしは艦長に戻ってきてほしいだけです。必要とあれば、どんな手段を使ってでも艦長を救い出すつもりです。〈エンタープライズ〉より以上」

トロイが艦長席へ近づいた。「所長は、あなたの脅しを信じたわ」

「それはよかった」と、ライカー。「しかし、あれは脅しじゃない」

トロイにも、ライカーが本気だとわかったらしい。「ウィル、本当はステーションで何が起こっているのかしら？」

ライカーは立ちあがった。

「艦長は、ストロンがどうやって〈ベネット〉を乗っ取ったのか……脱出計画に手を貸したのは誰かを、突き止めに行かれた。きっと、その答えを見つけたんだろう」

「キンケード所長の指示で、艦長が捕えられたと思う？」

「会って話せば、わかるはずだ」と、ライカー。トロイに口をはさむ隙を与えずに、言葉をつづけた。「カウンセラー、艦の指揮を頼む。データ、ロルク、同行しろ」大股でターボリフトへ向かいながら、通信記章に手を触れた。「ドクター・クラッシャー、戦闘現場用医療キットを持って、第二転送室へきてくれ」

トロイは、心配そうな笑みを向けた。「幸運を祈るわ、ウィル」

ロルクとデータを従えたライカーは、ニヤリと笑い返した。

「幸運なんかいらない。おれには〈エンタープライズ〉がついている」

ピカードが意識を取り戻すと、辺りは真っ暗だった。顔の感覚がない。目隠しをされているのか？　それとも、目が見えなくなったのだろうか？　目に手をやろうとしたが、手が動かない。手も足も縛られている。ピカードは全身の筋肉を緊張させた。どうやら椅子の上に縛りつけられているらしい。

「気がついたわ」と、女の声。

「始めるとするか」と、別の低い声。男だ。

ピカードの頭が左右へ押され、何かが取りはずされた。突然、目に光が飛びこんできた。だが、まぶしいのは片目だけだ。もう一方の目は見えない。顔の片側に、きつく包帯を巻かれているようだ。頭がクラクラし、何もかも霞んで見える。

「もう一度、打ったほうがいいわね」

最初に聞こえた女の声だ。キンケードの声ではない。

殴られる——ピカードは身体を固くした。だが、打撃の代わりに高圧注射器の冷たい先端が首に触れ、シュッと音がした。ピカードが大きく息を吸いこむと、即座に肺が激しく反応した。まるで、急に肺活量が二倍になったかのようだ。

突然、辺りがはっきり見えるようになった。ピカードは警戒し、身体を緊張させた。目の前の顔に見覚えがある。ストロン——嘘をついたヴァルカン人——だ。やはり、自殺しなかったらしい。

「見事な芝居だった」と、ピカード。舌がもつれ気味だ。顔の半分が動かないのは、何かで神経が麻痺しているからだろう。ヘルメットのフェイス・プレートから溶け出したアルミニウムが原因かもしれない。こうして包帯を巻かれているくらいだから、キンケードにヘルメットを切断されたとき、顔にかなりの傷を負ったのだろう。

「自分でもそう思う」と、ストロン。今は宇宙連邦軍の制服ではなく、民間人の服を着ている。シャトルの作業員のようなジャンプスーツだ。さっき聞こえた低い声は、ストロンの声だったらしい。

ピカードは片目で左右を見た。ちょっと骨が折れる。さっき声を出した女は、どこにいるのだろう？

ストロンの妻の地球人が見えた。前に見たとおり腹がふくらみ、くすんだ色の厚手の服を着ている。この女が高圧注射器を押しつけたらしい。

「おまえの話は、何から何まで嘘ではなかったようだな」と、ピカード。

「ヴァルカン人は嘘をつかない」と、ストロン。こわばった口調だ。

「ただし、論理的な理由があれば別――というわけか」と、ピカード。

ストロンは答えなかった。

ピカードは、片目で室内を観察した。天井の照明パネルが薄暗く、通常の作業場には見えない。おそらく倉庫だろう。ピカードの位置からは、窓が見えない。ドアもないようだ。むきだしの壁の前には、一面に棚が並んでいた。棚にズラリと重ねられた化学薬品用の小さなトレイに〈宇宙連邦軍備品〉のラベルが貼ってあり、牛乳に似た臭いが漂ってくる。航宙艦で使う潤滑油テトラルビソルだ。どうやら、ここはガモー・ステーションのシャトル着陸場にある貯蔵庫らしい。

ストロンはピカードの正面の椅子に座った。「いくつか、訊きたいことがある」礼儀正しい態度だ。とても怪我人を拘束した人間とは思えない。「もちろん、宇宙連邦軍士官と

しては返答を拒絶するだろう。しかし、もののわかった人間なら、ヴァルカン人の尋問には逆（さか）らえないことを知っているはずだ」

ストロンの言葉の意味を悟（さと）ったピカードは、耳を疑った。

「わたしと無理やり精神融合する気か？」

「〈ベネット〉がアルタ・ミストを集めるために改造されたことを、クルーの誰かに話したか？」

ピカードの心臓が早鐘（はやがね）を打った。思ったとおりだ。やはり、ウイルスの蔓延（まんえん）はアルタ・ミストと関係があるにちがいない。しかし、今のは誘導尋問だ。普段なら『クルー全員が〈ベネット〉の改造を知っている』と答えて、ピカード一人の口をふさいでも無駄だと思わせるところだ。だが、ヴァルカン人が相手でははったりはきかない。

「わたしは、キンケード所長から改造の話を聞いた」と、ピカード。「知ってのとおり、所長のオフィスにビーム転送降下して以来、クルーとは連絡を取っていない」

またしてもストロンは誘導尋問を試みた。

「クルーの中に、〈ベネット〉が小惑星アルタ・ヴィスタ二五七の上空で爆発したと感づいた者はいるか？」

「だが、〈ベネット〉が爆発したのは事実だ」と、ピカード。相手の超然とした態度に負けない冷静な口調だ。「わたしが幹部士官と話したのは、〝〈ベネット〉が爆発したときには、ストロン夫妻は乗っていなかったのではないか〟ということだけだ」

「われわれがどうやって艦を抜け出したか、わかっているのか？」

「爆発時のセンサー表示記録に異常な表示があった」と、ピカード。「科学士たちが、その表示を詳しく調べている」

ストロンは手を伸ばし、ピカードの首の側面に二本の指を押しつけた。ピカードの全身を激痛が貫いた。

「嘘だ」と、ストロン。

ピカードはまばたきして目にあふれた涙を振り払った。

「すでに答えがわかっているのなら、わざわざ尋ねるのは時間と労力の無駄だろう」と、ピカード。「非論理的な行為だ」

「アルタ・ミストはすでに輸送路に乗った。時間はいくらでもある」と、ストロン。

ピカードは必死に動揺を隠し、平静をよそおった。「わたしの部下たちは、わたしを見つけるまで捜索の手をゆるめないぞ。おまえが思っているほど時間はない」

ストロンはチラリと妻を見やり、椅子ごとピカードに近寄った。

「では先を急ぐことにしよう。おまえの頭脳は犠牲になる。強制的に精神融合をされても精神に異常をきたさぬ修練を積んだ地球人には、まだお目にかかったことがない」

ストロンはピカードの顔へ手を伸ばし、指を並べて四つの精神ポイントに置いた。ピカードはストロンの顔めがけて唾を吐きかけた。ストロンは顔色も変えずに、ふたたびピカードの首にある神経のポイントに触れた。冷静な表情とは裏腹に、指にヴァルカン人らしくない憎しみがこもっている。

ピカードは痛みをこらえようとはせず、痛みの強さで怒りをかき立てた。相手が無理やり精神融合する気なら、感情を抑制しない激流のような精神と接触させてやろう。

ストロンの妻が医療キットを手にして、夫のそばへやってきた。「まず、薬を試してみるわ」

ストロンは手を引っこめ、椅子に身体をあずけた。「この男は宇宙連邦軍士官だ。さまざまな形の尋問に抵抗できる訓練を受けている」特に興味もなさそうな顔で、ちらりとピカードへ目を走らせた。「違うか？」

ピカードはどなった。「答えが知りたいのだろう？」ストロンの妻がビクッとしたのを見て満足し、自分で楽しさをかき立てた。「それなら、わたしの頭の中へ押し入って、答えを引き出すがいい！」

ピカードはどなったり唸ったりしながら、椅子ごと身体を激しく揺らした。感情を激化させるためなら、なんでもしてやる。激しい感情を精神の防壁にして、無感動なヴァルカン人に対抗してみせる。

　ストロンが身を乗り出してピカードの首に腕を巻きつけ、頭を押さえつけた。ピカードはもがいて、ストロンの指に嚙みつこうとした。

「押さえろ」ストロンが妻に命じた。

　その声にかすかな怒りの色がある。ピカードはほくそ笑み、内心さらに喜びを煽った。

　ストロンの妻もピカードの首を抱え、ピカードの頭を前へ押しつけて、深くうつむかせた。ピカードの息が止まりそうになった。

　またしてもストロンの指が、突き刺さるような勢いでピカードの顔に当たった。強引に精神融合をする気だ。

「ジャン＝ルーク・ピカード、わたしの精神を送る」と、ストロン。情容赦のない断固とした口調だ。

　ピカードは精神を集中し、激しい感情を呼び起こす光景を思い浮かべた——ブドウ園を覆う炎に焼き殺される兄ロベールと甥のルネ（『スター・トレック7 ジェネレーションズ』参照）……ピカードを改造台に縛りつけ、ピカードの身体にサーボを埋めこんで人格を破壊したボーグ（テレビ〈新スタートレック〉『浮遊機械都市ボーグ』*The Best of Both Worlds* 参照）……炎に包まれ、ヴェリディアン3の大気圏へ突入してゆく〈エンタープライズD〉……目の前で息を引き取ったジェイムズ・T・カーク艦長（『スター・トレック7 ジェネレーションズ』参照）……。

心に満ちた憎しみや怒りや悲しみを、ピカードは心の中へ侵入してきたストロンへ向けて噴き出させた。感情の奔流に押し戻されたストロンの怒号が、ピカードの怒号に重なる。

ストロンの妻が、ピカードの首にまわした腕に力をこめた。ピカードの息が止まった。耳の中でドクドクと血が脈打つ。一打ちごとに、荒れ狂う感情がフェイザー・ビームのように身を焼く。

突然、ピカードの心から憎悪と苦痛が消えた。まるで冷却水の中へ投げこまれたかのようだ。わたしの精神を送る——ピカードの心の中で、ストロンの声がささやいた。防壁を突破されたらしい。

「受け入れるものか」と、ピカード。しゃがれ声だ。

異星の言葉や、なぜか懐かしい光景が、ドッとピカードの思考の中へ流れこんできた。

次の瞬間、だしぬけにその流れが消え失せ、ストロンがピカードから身を引いた。驚愕の表情を浮かべて、床にすわりこんでいる。

ピカードは身体をよじって、首にからみつく女の手を振りほどき、激しくあえいだ。

ストロンの妻は夫のかたわらにひざまずいた。「どうしたの？」緊迫した口調だ。「何があったの?」

ストロンは畏怖の目でピカードを見あげた。仰天のあまり、ヴァルカン人らしい冷静さはすっかり影をひそめている。

「この男は、前に精神融合している――」と、ストロン。「――われわれのリーダーと」

ストロンの妻はギョッとして、まじまじとピカードを見つめた。

ピカードは、椅子に縛られたまま身震いした。二人がなぜ動揺しているのかは、わからない。だが、侵入してきたストロンが何を見つけたかは見当がつく。昔、ピカードがあるヴァルカン人と精神融合したときの痕跡……故サレック大使の精神の名残だ。

この連中の、リ、リ、リーダーだと?

15

朝日が射しこむ密林の中で、オリオン人の戦闘艇が細い煙を上げている。いくつもの煙の筋は、ゆっくりと渦を巻きながら、戦闘艇に覆いかぶさる枯れかけた黄色い木々の中へ消えてゆく。

戦闘艇の周囲には、倒れた木々が根を剝き出しにして横たわり、折れた枝が散乱していた。カークは木に足を取られないよう注意しながら周囲を歩いた。戦闘艇の下敷きになった草木が黒く焼けこげて、異臭を放っている。この地点に落下したのは、生命維持装置と操縦室を含む戦闘艇の艇体だけだ。操縦士は墜落直前にメイン・エンジンを切り離した。メイン・エンジンのない戦闘艇の胴体は、先端が尖った円柱型だ。外殻にフェイザーで撃たれた跡がある。長さはシャトルよりも少し短く、高さはシャトルの半分しかない。

折れた翼は戦闘艇の進行方向へ向かって傾いていた。戦闘艇の胴体と翼の付け根が裂けて、そこから何本ものケーブルが垂れさがっている。操縦装置と翼を繋ぐケーブルや、光通信ケーブルだ。戦闘艇が密林に突っこんだとき、翼が折れたらしい。フェイザーで撃たれたのではない。戦闘艇の先端は正確に東を指していた。つまり、操縦装置は墜落直前まで作動していたことになる。操縦士は最悪の事態を避けようと必死だったはずだ。

カークは周囲の木々を調べた。枝や葉がちぎれた木々は、まっすぐに東の方向へ列をなしている。ここが密林でなければ、操縦士は軽傷を負う程度で助かったかもしれない。

カークの数メートル後ろから、クリスチンが木につまずきながら歩いてきた。戦闘艇の残骸には目もくれず、一心にトリコーダーを見つめている。

クリスチンはカークに近づいて言った。

「これは戦闘艇の一部にすぎません」

カークにとっては、言われなくてもわかっていることだ。

「戦闘艇のメイン・エンジンは非常事態に備えて、操縦室から切り離して爆破できるように設計されている」と、カーク。

クリスチンは、十メートル先にある黒い金属の塊りと化したメイン・エンジンへトリコーダーを向けた。

「非常事態に備えた設計も、今回は役に立たなかったようです。向こうで操縦士の遺体が発見されました」と、クリスチン。

クリスチンは悲しげな表情を浮かべた。それを見たカークはハッとして、ため息をついた。〈トビアス〉が戦闘艇を撃墜した後、戦闘艇から脱出する者や反重力パラシュートで難を逃れる者の姿は、〈トビアス〉のセンサーでは感知されなかった。操縦士の遺体が発見されたのは、当然の結果だ。だが、操縦士の命が消えたことを〝当然の結果〟として片づけていいのか？ おれはクリスチンのような人間らしい感情を、ずっと忘れていたのではないか？ それとも、今まで多くの死を見すぎたせいで、感覚が麻痺してしまったのか？

しばらくの間、カークとクリスチンは無言で立ちつくし、戦闘艇の残骸を見つめた。厚い防護服を着たバークが、のしのしと重い足取りで残骸へ近づいてゆく。戦闘艇の墜落現場では、機械油や油圧器の作動液が揮発するため、ちょっとしたはずみで引火が起こりやすい。防護服を着なければ、墜落した戦闘艇へ近づけない。だが、油分を含む大気はトリコーダーの効力を弱めるため、できるだけ対象物に接近しなければ、正しい測定値を得られない――

カークは、わかりきった理屈を思い浮かべて、クリスチンに質問したいという気持ちを抑えようとした。だが、ついに自分の負けを認めた。

「いつ、おれのことを知った？」と、カーク。

「艦長が何者だったのか――いえ、何者なのかを、いつ知ったかということですか？」

決まってるじゃないか。それ以外に、おれが訊きたいことがあるか？　カークは喉まで出かかった言葉をこらえ、いぶかしげな表情でクリスチンを見た。

「ホスピスで、〈エンタープライズA〉のプレートを見たときに、なんとなくわかりました。あのプレートは、艦長がテイラニさんにプレゼントなさったものですね？」と、クリスチン。

　カークはうなずいて、テイラニにプレートを贈ったときのことを思い出した。チャルの二つの太陽が炎のように輝く中、〈エンタープライズA〉は敵の攻撃を受けて爆発寸前だった。〈エンタープライズA〉の名前を刻んだプレートは、おれが艦を脱出する前に剝ぎ取ったものだ。その後、おれは地球へ戻ることになり、テイラニに贈り物をしたいと思った。だが、おれが持っていたのは、〈エンタープライズA〉のプレートだけだった。それをテイラニに渡し、おれは時間の流れを遡って地球へ戻り、〈エンタープライズB〉の進宙式に出た。

「わたしはプレートのことが気になって、過去の記録を調べました」と、クリスチン。

「それで気づいたのです――艦長が……カーク艦長と似ていることに」

「それでも、おれのことを誰にも話さなかったのか？」

カークは内心うれしかった。クリスチンは、おれの気持ちを察して、おれのことを他人に話さなかったのかもしれない。おれは、もう伝説の英雄でいたくない。この新しい時代を、平凡な人間の一人として静かに生きていきたい——そんな思いを言葉にしなくても、クリスチンはわかってくれたのかもしれない。

「いいえ、話しました。でも、だれも信じてくれませんでした」と、クリスチン。

カークは、もう一度うなずいた。がっかりだな。しかし、おれの気持ちを理解しろというほうが無理だ。

「わたしは……」と、クリスチン。「艦長のことを勉強して——」

カークは片手を上げてクリスチンの言葉を遮った。「その言葉は、もう聞きあきた。わかるだろう？」

クリスチンは困惑した表情で唇を嚙んだ。「わかります。ただ、わたしが申し上げたいのは——」

「〝カーク艦長の武勇伝を聞いて、宇宙連邦軍に入ろうと思った〟——そうだろう？」と、カーク。

今度はクリスチンがうなずいた。

カークは今までに何度も、これと同じ言葉を聞かされた。ときどき、おれは不思議に思う。なぜ〈エンタープライズ〉だけが、これほど世間の注目を浴びるのか？　おれの時代に活躍していた宇宙連邦軍の航宙艦は、〈エンタープライズ〉の他に何隻もあったはずだ。

「わかるよ」と、カーク。「きみが宇宙連邦軍への入隊を志願したのは、おれがきっかけなんだろう？」

　クリスチンは眉間に皺を寄せ、考えこむ表情になった。

「あの……わたしが入隊を志願した一番のきっかけは、スールー艦長と〈エクセルシオール〉です」

　カークは何か言葉を返そうとしたが、思いとどまった。クリスチンの言葉に悪意はない。

「子供のころ、わたしが寝る時間になると、父は枕元でスールー艦長について書かれた本を読んできかせてくれました」と、クリスチン。

　クリスチンにとっての英雄は、おれではなくスールーだったのか。英雄と呼ばれることを拒否する気持ちと、英雄でありたいという気持ちが、カークの中で混じり合っている。

　クリスチンはカークを見た。だが、カークの複雑な感情を察してはいない。

「でも、わたしは宇宙連邦軍士官学校に入学してから、古い歴史テープを聞いて、初めてカーク艦長のことを知って……」

「古い歴史テープか。なるほどね」と、カーク。

　クリスチンは、ためらいながら言った。自分で自分の墓穴を掘ったことに気づいたようだ。「え……ええ、そうです。わたしは士官学校(アカデミー)の歴史テープを聞いて、カーク艦長の……過去の……ご功績を知りました。ところで、ひとつお訊(たず)ねしたいのですが、どうやってヴェリディアン3からご生還なさったのですか？」

　クリスチンは急に問い詰める口調になった。

　カークは話題が変わったことに感謝すべきかどうか、首をかしげた。

「わたしは、そのときの宇宙連邦軍全体の動向を把握(はあく)したいのです。艦長は〈永遠の楽園(ネクサス)〉という時空間の歪(ゆが)みに捕(とら)われておられました。そしてピカード艦長に発見され、ヴェリディアン3へ連れてこられた——そこまでは間違いありませんね？」

「たっぷりと時空間の歪みを楽しませてもらって、感謝してるよ」と、カーク。

「でも、そのあと……ヴェリディアン3に埋葬されたはずです。ピカード艦長が遺体を埋葬なさったことが、当時の航宙日誌に記録されています」

「そのとおりだ」

　クリスチンは、じっとカークを見つめた。「そのあと、どうなさったのですか？」

　カークは無言で笑顔を浮かべ、〃これ以上は話したくない〃という気持ちを、それとなくクリスチンに伝えた。

「おれが生還できたのは、ピカード艦長が掘った墓穴が浅かったおかげだ」と、カーク。

「そうでしょうね」

クリスチンはトリコーダーを手のひらで軽く叩いた。カークと目を合わさず、戦闘艇の残骸を見ている。頬が真っ赤だ。質問を拒絶されたことに気分を害したのだろう。

「かなり古い話で恐縮ですが、艦長はオリオン人と対戦なさったことがあるそうですね」と、クリスチン。厳しい口調だ。

「オリオン人は航宙艦で宇宙へ出るようになって以来、カネのためならどこへでも飛んでいく薄汚い傭兵になった」と、カーク。ふいに気まずくなった雰囲気を和らげようと、軽い口調で話しつづけた。「オリオン人とは何度か、戦ったことがある」

クリスチンは戦闘艇の残骸へ目を向けたままだ。バークは残骸へ接近してトリコーダーを使っている。バークの大きな手に合わせて作った特大のトリコーダーだ。だが、残骸の周辺の大気に含まれる多量の油分が、トリコーダーの数値を狂わせた。バークは何度もトリコーダーをリセットして、スキャンを繰り返した。

「では伺いますが、オリオン人が攻撃をしかけてきた理由を、どのようにお考えですか？わたしたちはウイルスについて問い合わせただけで、オリオン人に対して戦意を抱いていたわけではありません」

クリスチンは、きびきびした口調で言った。さっきの厳しい口調とは違う。気まずさも感じられない。クリスチンは任務遂行中である自分の立場を考え、うまく気持ちを切り替えたようだ。カークは感心した。これなら、クリスチンの昇進は早いかもしれない。

「オリオン人は何者かに頼まれて、われわれを攻撃し、報酬を受け取ることになっていた——それだけのことさ」と、カーク。「だからといって、今回のオリオン人の襲撃と、きみが宇宙連邦軍司令部にむけた通信を何者かに傍受(ぼうじゅ)された事実とを、単純に結びつけることはできない」

「お言葉ですが、〝ウイルスについて調べている者を攻撃する〟ということは、〝ウイルスのことを知られたくない〟という何者かの意志の現われではないでしょうか？　つまり、『人工的に作られたウイルスを、何者かが故意に撒(ま)きちらした』とするわ、た、し、た、ちの仮説が、オリオン人の攻撃によって裏づけられたとは考えられませんか？」

「オリオン人に攻撃を依頼した張本人は、われわれがオリオン人に勝つとは思わなかったんだろう。たかが科学艦の一つや二つ、オリオン人をけしかければ、恐れをなしてウイルスの調査から手を引くだろうと甘く考えていたのが、やつらの運の尽きさ」

「伝説の英雄であるカーク艦長が、科学艦〈トビアス〉を指揮していたとは、だれも思わないでしょうね」と、クリスチン。

「おれの名前はジムだ」と、カーク。「英雄なんかじゃない。ジムという名の普通の男だよ」

クリスチンは任務遂行中であることを忘れて、激しい口調で言った。

「それは違います！　どうか、お忘れにならないでください。艦長が伝説の英雄であることは、間違いなく事実です。よろしいですか？　艦長の素晴らしいご功績を無視することはできません。どうか、もっと前向きになっていただけませんか？」

クリスチンはバチンと音を立ててトリコーダーを閉じると、じっとカークを見つめた。その視線の強さに、カークは押し倒されそうな気がした。

いや、〝押し倒される〟のではなく、〝抱き締められる〟かもしれない。

カークは思いがけない衝動がこみあげてくるのを感じた。おれは、この女にキスするかもしれない。それも、熱烈なキスを……。クリスチンの情熱は、宇宙連邦軍への忠誠心から生じるものだけではない。チャルの首都でクリスチンのテントに足を踏み入れた瞬間、おれとクリスチンは互いに強く魅かれ合った。おれを密かに見つめるクリスチンの熱い眼差しにも気づいた。クリスチンは無意識のうちに、おれを目で追った。

おれも同じようにクリスチンを目で追ったし、同じように心を魅かれた。そのことは、自分でも認めざるをえない。

若いクリスチンにはエネルギーがみなぎっている。これから先の人生で、胸を躍らせる出来事や、手に汗を握る冒険や、広大な宇宙がクリスチンを待っている——昔のおれがそうだったように。

おれの中にも、まだ激しい衝動や気力が残っている。クリスチンの柔らかな唇にキスし、なめらかな白い肌に触れれば、新しい人生を静かに生きようとしていたおれの心に、熱いものが蘇る。このままずっとクリスチンのそばにいて、華々しい冒険を共にすれば、おれは再び英雄になれるかもしれない——そんな思いが、カークの心の片隅にあった。

だが、〝華々しい冒険〟はクリスチンのものであって、おれのものではない。

いま、おれは自分自身の冒険をつづけている途中だ。

テイラニが首都でおれの帰りを待っている。ム＝ベンガと一緒にウイルスと戦い、自分の故郷に希望と活力を蘇らせようとしている。テイラニの故郷は、おれの故郷でもある。

おれの冒険は、テイラニを回復させるためにウイルスの謎を解くことだ。それが、おれとテイラニの人生であり、夢であり、愛だ。

おれは自分で自分の道を選んだ。この判断に間違いはない。

だが、カークはクリスチンから目をそらすことができなかった。

クリスチンが近づいてきた。

「ジム……」と、クリスチン。

この先に何が待っているのか、カークにはわかっていた。

クリスチンとの関係を進展させても、得るものは何もない。そうとわかっていて、クリスチンをこの腕に抱いてキスすれば、ただ虚しさが募るだけだ。

おれは自分の取るべき行動を知っている。だが、おれの中にクリスチンに対する熱情があることも確かだ。すべきことと、したいこととは一致しないものなのか？

カークは、自分の肩にクリスチンの手が置かれるのを感じた。その瞬間、胸を締めつけられるほどカークに焦がれているクリスチンの感情が伝わってきた。

いまのカークの目には、クリスチン一人しか映っていない——

そのとき、戦闘艇の残骸を調べていたバークが悲鳴を上げた。

どんなにカークとクリスチンの心が魅かれ合っても、二人が宇宙連邦軍士官であることは変わらない。二人は一瞬のためらいもなく駆けだした。自分たちが防護服を着ていないことも忘れ、バークを助けることだけを考えた。

バークは戦闘艇の円蓋の割れ目に頭を突っこみ、必死にもがいている。

カークはクリスチンより一足先に到着した。おそらくバークは防護服を割れ目に引っかけて、動けなくなったのだろう。

だが、カークの読みは甘かった。何者かがバークの前腕をガッチリとつかんでいる。黒こげになった細い手だ。

バークの激しい息づかいで、特大のヘルメットについた透明なフェイス・プレートが曇った。通信記章を使わなくても、バークの独特のしわがれ声が聞こえる。

「この操縦士は生きています！」と、バーク。

カークは片手でバークの肩をつかみ、もう片方の手で黒こげの手首をつかんで、二人の身体を引き上げた。

ふたつの叫び声が朝靄を切り裂いた。

大破した戦闘艇からバークの身体が離れ、つづいて操縦士の身体が持ち上がった。

その瞬間、カークはゾッとした。炎を浴びて溶けかけたフライト・スーツが、操縦士の身体にベッタリと張りついている。ヘルメットも溶けて変形し、操縦士の頭が奇妙な形に見える。まるで頭蓋骨の半分が消えてしまったかのようだ。

ヘルメットのフェイス・プレートは煤で黒くなり、何本もの亀裂が走っている。ヘルメットの中の顔は見えない。だが、フライト・スーツや戦闘艇の状態から、操縦士が地獄の苦しみを味わったことは想像がついた。

操縦士は絶叫しつづけながら、黒こげの腕をつかむカークの手を振りほどいた。カークが自分の手を開いたとたん、操縦士の腕から剝がれ落ちたプラスチックの薄片と肉片がへばりついた。

操縦士は、もう片方の手を突き出した。その手に握られていたのは、緑色のフェイザー銃だ。カークが気づいたときには、もう遅かった。操縦士の無残な姿に動揺して反応が鈍ったらしい。

このまま撃たれてたまるか。

そのとき、クリスチンが力まかせにカークを脇へ突き飛ばし、戦闘艇の残骸の上に身を投げだして操縦士の胸を両足で蹴った。操縦士は戦闘艇から投げだされて、仰向けに倒れた。

カークは倒れながら、緑色のフェイザー銃の行方を目で追った。フェイザー銃は朝日を受けて輝きながら回転し、カークの頭上を越えて勢いよく飛んだ。

カークは地面で一回転してサッと立ち上がり、操縦士の反撃に備えて身がまえた。

クリスチンは残骸の上に直立し、倒れた操縦士を見おろして身がまえた。だが、操縦士は動かなかった。クリスチンは肩越しにカークを振り返って無事を確かめると、少し離れたところへ軽やかに飛び降りた。

カークの横に倒れていたバークが立ち上がった。二人は残骸の向こう側へ回りこみ、クリスチンに近づいた。クリスチンは動かなくなった操縦士のかたわらで膝をつき、ヘルメットの装着ベルトをはずした。

そのとき、カークの目が何かを捕えた。よく目を凝らすと、黒こげになった操縦士の腕やフライト・スーツに、うっすらと線がついている。

その線は緑色で、朝日を受けて光っていた。

オリオン人特有の青色の皮膚とは違う。

これは銅を主成分とする緑色の血液の痕跡だ。

クリスチンは操縦士のヘルメットをはずしたとたん、悲鳴を上げた。ヘルメットは操縦士の皮膚をヒラヒラさせながら、焼けた草の上を転がった。フェイス・プレートの枠が溶けて操縦士の顔に張りついたため、クリスチンは顔の皮膚ごとヘルメットをはずしてしまった。ヘルメットを取った後の操縦士の顔は、筋肉と頬骨が剝き出しになった。だが、とがった耳とアーチ形の眉は、まだ残っている。

「ロムラン人かしら?」と、クリスチン。

バークは操縦士の身体にトリコーダーを走らせ、唸るように言った。

「いいえ。遺伝子の配列が違います。これはロムラン人ではありません」

カークは真実を悟った。

ウイルスの秘密を守るためにチャルを攻撃した操縦士は、オリオン人ではない。

バークはトリコーダーから顔を上げた。「ヴァルカン人です」

チャルを攻撃したのは、ヴァルカン人だった——その事実から、カークは一つの結論を導き出した。

敵は、宇宙連邦の内部にいる。

16

「なにか質問は？」と、ライカー。

転送台に立ったデータ、クラッシャー、ロルクの三人は、ヘルメットのフェイス・プレートごしにライカーを見て、首を横に振った。三人とも動作がぎごちない。黒いフェイザー防護服で全身を固めているせいだ。

データは転送台の反対側に置いた四つの六角形の貨物コンテナを見やった。これで二度目だ。考えこんで片手を上げる。

「ひとつ、お訊ねいたします」と、データ。

ライカーは転送台に上がってデータの横に並び、フェイザー防護服の上からハーネスの肩ひもを固く締めた。

「なんだ？」と、ライカー。

「過去に、今回と同じ方法で転送が行なわれたことがありますか？」

「質問する相手を間違えてるな。きみの人工頭脳を直に艦のコンピューターに接続して過去の記録を検索すれば、わかることだろう」

ライカーはフェイス・プレートを下げ、ヘルメットのスピーカーの音量を調節した。

「問題は、そこです」と、データ。「今回のような転送が行なわれるのは初めてです。過去の記録を検索しても、参考とすべき情報は一つも見つかりません」

ライカーが厚い手袋をはめた手でデータの肩を叩くと、フェイザー防護服の胸から肩を覆う金属製の防具が鈍い音を立てた。

「おれたちが新しい歴史を作る」と、ライカー。データに片目をつぶって見せた。「後世の宇宙連邦軍士官が、おれたちの行動を参考にするだろう」

ライカーは転送主任に向かって親指を立て、転送開始を合図した。

「データ、きみは自分がすべきことを理解している。過去の記録を参考にする必要はない」と、ライカー。

転送主任はライカーの合図を見て、うなずいた。ライカーの熱い言葉に思わず同調しそうになったが、すぐに表情を引き締めた。これまで、シールドで覆われた地点へ転送を行なうことは不可能とされてきた。だが、ライカーは転送ビームでシールドを突き破る方法を考案し、それを実践しようと言いだした。大丈夫だろうか？　転送主任は不安を覚えた。

おそらく大半のクルーが同じ不安を抱いているはずだ。

「転送第一段階を開始します」と、転送主任。「エネルギー・オン」

ライカーは横目で転送台の端を見た。みるみる貨物用コンテナが非実体化してゆく。六角形のコンテナが完全に消えたとき、転送台の第二段階であるに立つライカーたち四人の非実体化が始まった。ライカーの目には、転送室が煙のように消えてゆく様が見えた。

次の瞬間、ライカーはブーツを履いた足で、がっしりと硬い丸屋根を踏んでいた。ここはアルタ・ヴィスタ星系のガモー・ステーション内にあるエネルギー生成施設の屋上だ。地上から百メートルの高さがある。すぐにライカーは膝をついて低い姿勢をとり、ヘルメットを両手で押さえた。目を閉じようとした瞬間、頭上から降ってきた光が丸屋根をカッと照らした。

来た！

なにかが爆発したかのような激しい震動が起こり、ライカーは丸屋根に叩きつけられた。よろよろと立ち上がったライカーの目に、データの姿が映った。四人のうちで最初に態勢を立て直したデータは、クラッシャーとロルクを助け起こした。

ライカーは頭上を見あげた。エネルギー生成施設の丸屋根から三十メートルの高さに、青味がかった透明の保護シールドが張られている。保護シールド全体に青い波紋が走り、シールドの下にいるライカーの目には、惑星アルタ・ヴィスタ3の淡黄色の空が青と黄色の縞模様に見えた。〈エンタープライズ〉から四つの貨物コンテナが丸屋根の上へ転送されたとき、丸屋根を覆う保護シールドが突き破られて、シールドの表面に青い波紋が生じたためだ。

ライカーの計算どおりだ。その状態はおよそ三秒間持続する。六角形の貨物コンテナは、正常な状態の保護シールドと同じ密度を持つ材質で作られている。転送ビームを使って四つの貨物コンテナを保護シールドにぶつければ、互いのエネルギーが相殺され、保護シールドに四つの穴が開く。その間に、ライカー、ロルク、データ、クラッシャーの四人を、シールドの穴に通せばいい。ライカーの仮説は見事に実証された。

ライカーたちの転送が完了すると、ふたたび〈エンタープライズ〉から転送ビームが発射され、傷ついた四つの貨物コンテナが艦内に収容された。それと同時に保護シールドは正常な状態に戻った。だが、転送ビームが保護シールドを通過したときの激しい震動を、エネルギー生成施設の作業員たちは不審に思わなかっただろうか？　ライカーは心配になったが、このまま後戻りはできない。鳥の大群が——いや、アルタ・ヴィスタ3に生息する鳥に似た生命体の大群が——保護シールドに衝突したせいだと、作業員が思ってくれることを祈るしかない。

ライカーの計算どおりに転送が成功したことで、データは驚きの表情を浮かべた。

「お見事でした。しかし残念ですね。この方法が有効なのは、シールドのエネルギー量が気象上の障壁なみに低い場合に限られます」

「いまは、それで充分だ」と、ライカー。「おれの理論を実用化することについては、きみとジョーディに任せる」

データの顔から、すべての感情が消えうせた。さっそく人工頭脳を働かせて、与えられた課題に取り組んでいるらしい。

「データ、考えるのは艦に戻ってからだ」

ライカーは肩にかけたハーネスから融解式ハーケンのプロジェクターを取り、丸屋根へ向けて引き金を引いた。プロジェクターから飛び出した融解式ハーケンは閃光を発しながら溶け、金属でメッキされた丸屋根の表面に接着した。融解式ハーケンの先端から炭素繊維ロープが伸びている。ライカーはロープを強く引いた。ロープは丸屋根の表面にガッチリと固定されていた。

ライカーはベルトのクリップにロープを通した。ほかの三人もライカーと同じく、プロジェクターを使ってロープを伸ばし、ベルトのクリップに通した。ライカーは北を指さした。

「シールド発生装置のコンジットは、あっちだ。ドクター・クラッシャー、地上に降りたら直ちにスキャンを開始し、艦長を探してください」

ライカーはベルトのクリップに通したロープを繰り出しながら、緩やかに傾斜した大きな丸屋根を小走りに降りた。丸屋根の端まで来ると、後ろを振り返って両手でロープを握り、垂直な壁に足をついた。ライカーの身体は、ほぼ地面と水平になった。そのままライカーは小きざみに壁を蹴りながら五メートルずつロープを繰り出し、砂利で覆われた地面に近づいてゆく。

地面に降り立ったライカーは、ベルトのクリップからロープをはずし、つづいて巧みなロープさばきで降りてくるクラッシャーとロルクの様子を満足げに見た。一方、データは一度も止まることなく、最大限の速度で壁を降りた。自分の体重と壁を降りるスピードから算出した正確なペースでロープを繰り出している。地上から二メートルの高さまで近づくと、ふいにデータは身を翻し――まるで宇宙遊泳のように見える――軽々と地面に降り立った。道を歩いている途中で角を曲がるときと同じように、まったく何気ない動作だ。

「見事だな、ミスター・データ」と、ライカー。

「ありがとうございます、副長。わたしの感情チップに組みこまれている言語プログラムには今、この新しい経験に関する表現として『ごきげんだぜ』が挙げられています」

どういう意味だ？　ライカーは首をかしげた。二十一世紀に、ゼフラム・コクレインが好んで使っていた古い俗語(スラング)に似ている。「とにかく」ライカーは片手を差し出した。「反物質爆弾をくれ」

データは指の太さを持つ小さな円筒型の反物質爆弾を二本、ライカーの手のひらに置いた。ライカーはエネルギー生成装置のコンジットに近づいた。太いコンジットは建物の壁をクネクネと這(は)い、その先端は地面に埋まっている。このコンジットを通じて、地中のシールド発生装置へエネルギーが送りこまれている。アルタ・ミスト3では、硫黄(いおう)を含む雨や酸性の雹(ひょう)が降る。ガモー・ステーション内にある様々(さまざま)なセンサーや、金属でメッキされた丸屋根を雨ざらしにすれば、すぐに腐食してしまう。そこで、ガモー・ステーション全体をシールドで保護していた。だが、二発の反物質爆弾を使ってコンジットを爆破すれば、シールドは即座に消滅する。シールドが消滅すれば、〈エンタープライズ〉からスキャンを行なってピカード艦長の現在位置を確認するまで三十秒とかからない。あとは確認した位置へ転送ビームを発射し、ピカード艦長を〈エンタープライズ〉に収容すればいい。

おれたちの転送が無事に済んだのだから、順調に事(こと)は運ぶはずだ——ライカーは思った。

そのとき、最初の銃声が聞こえた。とっさにライカーは地面に伏せた。ライカーたちを待ちうけていた何者かが、いっせいに攻撃を始めたらしい。

　貨物室では、ストロンの妻がピカードにフェイザーを突きつけていた。夫のストロンは激しい動揺で凍りついたように動けない。ストロンは、サレックがピカードと精神融合を行なった事実を示す痕跡を、ピカードの精神の中で見た。そのせいでストロンが衝撃を受けたことは明らかだ。

「いつサレック大使と精神融合したの？」と、ストロンの妻。ピカードを責める口調だ。自分たちの指導者であるサレックがピカードと精神融合を行なった事実を、どうしても信じられないらしい。

「縄をほどけ」と、ピカード。「話は、それからだ」

　ストロン夫妻は、迷う表情で顔を見あわせた。

「縄をほどくわけにはいかないわ」と、ストロンの妻。

「サレック大使は組織の構成員としか精神融合なさらなかった」と、ストロン。恐怖に近い表情を浮かべてピカードを見つめている。「ゴンサール地方へ行ったことはあるか？」

　ゴンサール地方だと？　ストロンは何を言いたいのか？　だが、ここが突破口だ。ピカードはストロン夫妻の弱みをつかんだ。

「とにかく縄をほどけ。わたしがサレックと精神融合を行なったことは事実だ。そのわたしを縛りあげて尋問するとは、どういうつもりだ？」

ストロンは妻を見て「この人は、われわれの仲間だ」と言うと、ピカードに歩み寄った。

「あなたは退がってて」と、ストロンの妻。銃の照準をピカードの頭に合わせた。銃の向こうに、ストロンの妻のふくらんだ腹が見える。新しい命を身ごもった女が、他人の命を奪おうというのか？　皮肉で残酷な取り合わせだ。

「いま、わたしたちが活動をつづけるためには、細心の注意が必要だわ」ストロンの妻は、夫に言った。「あなたも知っているでしょう？　組織の支部が他の支部と連絡を取り合うことも許されないのよ。それが裏切りを防止する手段なの。組織の活動を妨げる行動は、いっさい慎まなければならないわ。わたしたちは、この男を消すしかないのよ」

「きみたちは、サレック大使と精神融合したわたしを艦外に拘留することで、すでに組織を裏切っている」と、ピカード。うまく組織の構成員を演じられるといいのだが……。

「わたしが姿を消したことを、宇宙連邦軍は不審に思っているはずだ。宇宙連邦軍が動きだしたら、組織は活動できなくなる」

ピカードはストロンを見た。その表情から、ストロンが縄をほどく気になっていることが、はっきりとわかった。だがストロンの妻は、まだ納得していない。

「合い言葉を言いなさい」と、ストロンの妻。挑戦的な口調だ。「ゴンサール地方へ行ったことはあるの？」

　ピカードに選択の余地はなかった。このまま組織の構成員を演じるしかない。

「ずいぶん古い合い言葉だな。わたしの支部では、数年前から使っていない」と、ピカード。

　ストロンの妻は、しばらくピカードを見つめた。やがて銃口を上げ、捧げ銃の姿勢をとってピカードに敬意を示した。

「あなたの勇気を讃えるわ。ごきげんよう、ピカード艦長」

　ストロンの妻の殺意が、ありありと感じられる。だがピカードは怯まず、ストロンの妻を睨んだ。

　ストロンの妻は銃を発射した。その瞬間、ストロンは妻を突き飛ばした。発射されたフェイザー・ビームはピカードをはずれた。

　ストロンは抵抗する妻を数秒のうちに押さえこみ、銃を取り上げた。

「妻の言い分は正しい」ストロンはピカードに言った。「あなたが組織の構成員だと信じるのは、非論理的だ」

　ストロンは妻に向き直って言った。「だが、この人がサレック大使と精神融合したのは確かだ。その事実を無視することはできない」

ストロンの妻は、まだ見ぬ我が子をあやすように、ふくらんだ腹部を両手で覆った。

「ストロン、この男を始末して。それが、わたしたちの未来のためよ」

ストロンは、近くの棚にある救急箱を手で示した。

「まず薬を使おう。そのあとで、もう一度わたしが精神融合してみる。サレック大使がこの男と精神融合なさった理由を知るには、そのほうが簡単だ」と、ストロン。

ストロンの妻は救急箱から高圧注射器を取り出した。

「理由がわかったら、この男を必ず始末して。いいわね？」と、ストロンの妻。きっぱりした口調だ。

ストロンの妻はピカードに歩み寄った。ピカードに逃げ道はない。なんの薬をどのくらい投与されるのか知らないが、薬によって精神が高揚し、すべてを洗いざらい話したい気分になることは確実だ。

「生まれてくる子供のことを考えろ」と、ピカード。「こんなことは、やめるんだ」

「わたしたちは生まれてくる子供のことを考えて行動しているのよ」

ストロンの妻は高圧注射器を持ち上げた。

そのとき、貨物室の中が真っ暗になった。

銃声を聞いたライカーは、すかさず物陰に伏せた。エネルギー生成施設の丸屋根を支える柱が、うまい具合に外壁から突き出ており、ライカーの身を守ってくれる。フェイザー・ビームはかん高い音を立てて、ライカーから数センチしか離れていない外壁に当たった。幸いにも、敵のフェイザー銃は建物の外壁を破るほど高いレベルにはセットされていない。フェイザー防護服を着ているうえに、丸屋根の支柱の陰に隠れれば、ビームに直撃されても死ぬことはない。

クラッシャーとロルクは、ライカーから五メートルさがった位置で、別の支柱の陰に伏せている。ライカーの横で、データがフェイザー銃を〈失神〉にセットした。

「敵は、どこから現われたんだ?」と、ライカー。片手にフェイザー、もう片方の手に二本の反物質爆弾を握りしめたままだ。

「幸運の女神は、われわれの味方ではないようですね。われわれがシールドを破って転送を行なったときに生じた激しい震動を伴(ともな)うエネルギー変動を、ここの施設の作業員たちは鳥の大群のせいだとは思ってくれなかったのでしょう」と、データ。楽しげな口調だ。

データは身を乗り出してフェイザー銃の照準を定め、三発つづけざまに発射した。

オレンジ色のフェイザー・ビームがデータに命中し、データの身体は後ろへ飛ばされて、建物の外壁に勢いよくぶつかり、ドサッと音をたてた。ライカーは心配した。

「おい、大丈夫か?!」

ライカーの心配を打ち消すかのように、データは首を横に振った。

「フェイザー防護服を着ていますから、大丈夫です。しかし、気をつけてください。敵はフェイザーを〈致死〉にセットしています」

「敵の数は?」

「最初は八人でした。でも、いまは五人です」と、データ。得意げな口調だ。銃口から出る煙を吹く様子を手まねで表しながら、「相棒、おれの腕はたしかだぜ」と、気取った口調で言った。

ライカーは目をグルリと回した。感情チップを作動させているときのデータには、いまだに困惑させられることが多い。たしかにデータはアンドロイドながら、ユーモアのセンスをだいたい理解できるようになった。だが、ユーモアを交えて話すのにふさわしいタイミングを理解するには、まだ努力が必要だ。

「このまま反物質爆弾を握りしめていても仕方がない。反物質爆弾のタイマーをセットして、コンジットに投げつけるのはどうだ? できるか?」と、ライカー。自分たちが大きな危険に瀕していることをデータに思い出させる口調だ。

「反物質爆弾は精密に設計されています」と、データ。「反物質爆弾に接触した物体は、確実に爆破されます。下手をすると、エネルギー生成施設の建物全体を破壊することになりかねません」

およそ二十メートル先にある低い丘の後ろで、人影が動いた。ライカーは人影めがけてフェイザー銃を発射した。岩から煙が上がった。だが、狙った人影に命中したのかどうかは、わからない。

「とにかく、やってみよう。このままでは、おれたちは敵に取りかこまれて、一人ずつ狙い撃ちにされる」と、ライカー。

データはフェイザー銃をハーネスに戻した。

「コンジットまでの距離を計測する必要があります」と、データ。身を乗り出したとたん、敵が撃ってきた。データは即座に身体を引いて敵の攻撃をかわした。「反物質爆弾のタイマーを一・三五秒にセットしてください」

ライカーはタイマーのダイヤルを回した。「このタイマーは一秒ごとにしかセットできない。一秒か、二秒か、どちらかに決めてくれ」

「では、二秒にしてください。反物質爆弾が二秒でコンジットに到達するように、投げる角度を調整します」と、データ。

ライカーは一つめの反物質爆弾をデータに渡した。「頼んだぞ」

データは反物質爆弾の作動スイッチを押した。ふたたび身を乗り出し、ナイフを投げるような手つきで反物質爆弾を投げた。

オレンジ色のフェイザー・ビームがデータの肩に当たった。データはグルリと一回転してライカーにぶつかった。その瞬間、激しい震動が起こり、爆音が響きわたった。

ライカーは地面に顔を伏せた。後ろから誰かが走ってくる足音が聞こえる。顔を上げずに目だけを動かして周囲を見ると、防護服を着た五つの人影がフェイザー・ライフルをライカーに向けているのがわかった。

ライカーは、すかさずハーネスからフェイザー銃を取り、狙いを定めずに発射した。フェイザー・ビームは偶然にも命中し、二つの人影を後ろへ吹き飛ばした。

残りの三人が撃ち返してきた。

ライカーはデータと一緒に、建物の壁に叩きつけられた。ライカーのフェイザー防護服がパチパチと音を立てながら、敵のフェイザー・ビームを消散させている。だが、フェイザー・ビームが一カ所に集中して当たったため、スーツの表面温度が急激に上昇した。

ヘルメットの温度センサーが鳴りひびいた。

「フェイザー防護服は三秒で機能停止します」聞き慣れたコンピューター音声が告げた。

宇宙連邦軍の様々な機器に使われている標準的な音声だ。

残された三秒間で、もう一度ライカーはフェイザー銃を発射しようとした。だが、その手を敵に撃たれ、フェイザー銃はライカーの手を離れた。呼吸ができない。ライカーはピカード艦長が無事に発見されることだけを祈った。

まばゆい光の糸で織り上げられたカーテンが、ぼんやりしたライカーの視界に広がってゆく。

おれは幸運に恵まれなくても大丈夫だ――ライカーは言った。たしかに今までは、そのとおりだった。

だが、今は〈エンタープライズ〉から遠く離れている。

17

とっさにピカードは上半身を片側へ傾け、首に迫るストロンの妻の高圧注射器（ハイポ）をかわした。だが、勢いがよすぎて身体を縛（しば）りつけられた椅子ごと横にひっくり返った。倉庫のような部屋にはまったく光がなく、どちら向きに倒れたかもわからない。床（ゆか）で頭を強く打ち、一瞬、ピカードは息ができなくなった。

「おまえのすぐ前だ」ストロンが妻に向かって叫んだ。

ストロンの妻は暗闇を探りはじめ、足がピカードの脚に当たった。

「ドアを開（あ）けて光を入れて」妻の手がピカードのブーツをつかんだ。「捕（つか）まえたわよ！」

ピカードは、また横向きに転がろうとした。ゴロリと椅子が横転し、背を下にして止まった。ピカードは仰向（あおむ）けになった。

まっすぐ自分を見おろすストロンの妻の姿が、藍色（あいいろ）の輝きに包まれている。

ストロンが光源を見つけたのだろう——最初、ピカードはそう思った。

だが、ストロンの妻の目がハッと大きく見開かれ、その姿も周りの光景も馴染みのあるビーム転送のきらめきに包まれ、ぼやけていった。

次の瞬間、ピカードは仰向けのまま、まだ椅子に縛られていた。だが、場所はシャトルの床の上だ。

ピカードは周りを見まわした。

「誰かいないか？」火傷を負った顔に鋭い痛みが走った。返事はない。シャトルは空っぽらしい。そのとき天井にチラチラする青い光が反射し、すぐそばで転送ビームが実体化した。

ドクター・クラッシャーだ。黒いフェイザー防護服を身につけ、フェイス・シールドを上げている。クラッシャーはピカードの傍らにひざまずき、すぐに医療トリコーダーを作動させた。

「ビバリー？」

「ライカー副長がガモー・ステーションの保護シールドを停止させたの。それで、あなたはこの〈ガリレオ〉に直接ビーム転送されたのよ」

〈ガリレオ〉は〈エンタープライズ〉のシャトルの一つだ。だが、それだけでは充分な答えになっていない。

「〈ガリレオ〉の現在位置は?」と、ピカード。

「第一シャトル・ベイよ」クラッシャーはピカードの首に高圧注射器(ハイポ)を押し当てた。「シャトル・ベイの中は減圧されて、真空状態になっているわ」

クラッシャーの手当てを受けると、ピカードの顔の痛みはすぐに消えた。

「つまり、わたしたちは隔離されているんだな」

クラッシャーは、ピカードの顔半分を覆(おお)う包帯を軽くつっついて笑った。

「ええ、そうよ。わたしたちはウイルスに感染しているの」

ピカードは、クラッシャーが自分の身を犠牲にしてくれたのだと気づいた。

「わたしがウイルスに感染し、わたしからきみに伝染したというわけか」

ライカーは〈エンタープライズ〉のブリッジへ急いだ。データとロルクがそのあとにつづいた。襲撃者たちの攻撃を受ける前にステーションの地表を離れたが、艦(ふね)へのビーム転送は荒業(あらわざ)だった。

宇宙連邦軍の厳しい規約にのっとり、ライカーたちはまず〈エンタープライズ〉の艦首から百メートル離れた宇宙空間の一点へビーム転送された。そこで精密に照準を絞ったビームで防護服を剝(は)ぎ取られ、艦(ふね)に転送収容された。

ウイルスに汚染された装備一式は、そのまま宇宙空間に置き去りにされた。大気圏に再突入すれば燃え尽きて、ウイルスは完全に死滅する。ライカーとデータとロルクたち自身はウイルスの汚染をまぬがれ、〈エンタープライズ〉の通常エリアに戻ることができた。

だが、ピカードとクラッシャーはそうはいかない。

「スクリーンに〈ガリレオ〉を出してくれ」ライカーはそう言いながら、トロイに代わって艦長席についた。「それから、ステーションのキンケード所長に通信をつないでくれ」

メイン・スクリーンに、シャトル内に立つクラッシャーの姿が映し出された。シャトルは真空状態のシャトル・ベイの中で安全に隔離されている。汚染の問題は二の次だと考えたクラッシャーは、ピカードの傍らへ直接ビーム転送で移動した。今もまだ防護服を着たままだ。

ピカードがクラッシャーの手を借りて立ち上がり、副操舵士席に腰かけるのを見て、ライカーは安堵した。

「お帰りなさい、艦長」と、ライカー。

「よくやってくれたな、ウィル」ピカードは、片側の目と頬を覆うキラキラ輝く殺菌包帯を指で軽くなでた。

「ビーム転送主任のおかげです。保護シールドが切られた十秒後にビーム転送コンソールで艦長の居場所を突き止め、座標をロックしたんです」ライカーは座席から身を乗り出した。「ステーションで何があったんですか?」

ピカードは息を吸いこみ、気持ちを静めた。悟られまいとしているようだが、艦長の怪我は思ったよりひどいらしい――と、ライカーは気づいた。ドクター・クラッシャーが艦長と一緒にシャトル内に隔離される道を選んでくれたのはありがたかった。厳密に言えば、その必要はなかったのだが……。いったん〈エンタープライズ〉に戻ってウイルス隔離服を着てからシャトルへビーム転送で移動する方法もあった。だが、誰かが付き添ってすぐに手当てしたほうがいいに決まっている。

「ストロンと妻は生きていた。ストロン夫妻とステーションのキンケード所長は仲間――大義か改革の同志――で、何らかの形でウイルスとアルタ・ミストに関わっている」と、ピカード。

ライカーは、ピカードが明らかにした事実の重大さに驚き、座席に深く腰をかけなおした。

「ストロンが〈ベネット〉からどうやって脱出したかはわからない。だが、〈ベネット〉に積まれていたアルタ・ミストも艦外へ移され、すでに何らかの方法でどこかへ運ばれたらしい。隔離封鎖は破られたんだ、ウィル」

「ステーションのキンケード所長がそのことに関わっているんですか？」と、ライカー。

「キンケードは医療用レーザーでわたしを襲った。わたしの意識が戻ったとき、そばにストロンと、その妻がいた」

ライカーは怒りのあまり、肘掛けを握りしめた。「なるほど、そういうことでしたか。その件については徹底的に調査しましょう」

スクリーンに映ったピカードがひきつった笑顔を見せた。「そうしてくれるとありがたい、副長」

ライカーはトロイに顔を向けた。「カウンセラー、これからキンケードとストロン、そのほか関わりのある者たちを尋問する。きみに立ち合ってもらいたい。ライカーより第二ビーム転送室。今から――」

ロルクの声が割って入った。「副長、キンケード所長と通信がつながりました」

「スクリーンに出してくれ。〈ガリレオ〉の艦長にも映像を送れ」

メイン・スクリーンの映像がピカードからキンケードに変わった。キンケードの横にストロン夫妻の姿も見える。二人の背丈はキンケードの肩までしかない。

「キンケード所長」と、ライカー。「恒星暦三五三三三年に制定された宇宙連邦非常時救援規定にのっとり、きみときみの共犯者を拘留する」

「宇宙連邦にわたしたちの行動を規制する権限などありません」と、キンケード。

「きみたちに選択の余地はない」と、ライカー。

「どうしようとおっしゃるんです、中佐？　わたしたちを〈エンタープライズ〉にビーム転送収容し、あなたの艦とクルーをウイルスに感染させるおつもりですか？」

「隔離措置を取れば問題ない」と、ライカー。

だが、キンケードは首を横に振った。「〝隔離〟とは〝分ける〟ことです。わたしたちに、そのような概念は存在しません。宇宙はつながっています。あらゆる生命は一つなのです。銀河系の知的生命体がそのことに気づくまでは、恒星間の共同体を築こうとするいかなる努力も失敗に終わるでしょう——何十億もの命を危険にさらして」

「きみ自身の行動が多くの命を危険にさらしているように思われるがね」と、ライカー。

「理解できるように説明してもらおうか」

「あなたはご自分のクルーのために命を捨てられますか、中佐？」と、キンケード。

「それとこれとどう関係が——」

「わたしも宇宙連邦軍士官学校に通いました」と、キンケード。感情が高ぶり、声が大きくなっている。「副長の務めは承知しています——艦長のため、クルーのためには命も惜しまない」

　ライカーは立ち上がった。このままでは相手のペースに乗せられてしまう。「おれには自分のなすべきことはわかっている。きみはどうだ？　周りの人間を裏切ったんだぞ」

　キンケードはライカーの言葉を無視した。「副長のなすべきこととは、どこまでを言うのですか？　ご自分の命を投げ出して五百人を救うこと？　ご自分の艦を犠牲にして惑星を一つ救うこと？　今や、宇宙連邦は瀕死の状態です！　滅亡は避けられません。何兆もの人々が長く苦しみながら死んでゆくのをこのまま放っておくつもりですか？　ほんの数十億人を犠牲にすることによって、その苦痛が避けられるかもしれないのに？」

「ほんの数十億人だと？」と、ライカー。

　トロイがライカーの傍らへ歩み寄った。

「キンケードは何か決意したようだわ、ウィル。あのまま、あそこに置いておくのは危険よ」

　スクリーンに映ったキンケードは激しい口調でつづけた。

「わたしたちは自分たちが何をすべきか理解しています——中佐がご自分のなすべきことをご存じのように。ありとあらゆるものの調和は保たれなければなりません。あなたがたとわたしたちの違いはほんのわずかにすぎません」

「ライカーよりビーム転送室。ただちに——」

「改革は成功します」と、キンケード。勝ち誇った口調だ。「生き残った人々は、わたしたちの犠牲的精神をたたえるでしょう！」キンケードは前かがみになったかと思うと、目の前のコンソールに手を触れた。

突然、スクリーンの映像が消えた。

「ウィル——」トロイは口ごもった。

「惑星表面に大規模なエネルギー放出が見られます！」と、ロルク。

「軌道からの映像を出してくれ」と、ライカー。

新たな映像がスクリーンに映し出された。ガモー・ステーションはただの輝く火の玉と化し、過熱された気体となって、ゆっくり上昇してゆく。

トロイはよろめき、後ろへ倒れるように椅子に座った。死人のように青ざめた顔だ。

「ステーションの人々は……全滅したわ……」感情移入能力を持つトロイのささやきは苦悩に満ちていた。「人々の……千四百人全員の死を感じたわ……」

ライカーは確認するようにロルクを見た。

「物質／反物質反応炉の制限フィールドのスイッチが切られました」と、ロルク。「ステーションの人々は全滅しました。生存者は一人もいません」

スクリーンにふたたびピカードの姿が映し出された。ライカーと同じように動揺した表情だ。

「防ぎようはなかった、ウィル。まったく救いがたい狂信者たちだ」

ライカーは許しを求めるようにピカードを見つめた。千四百人もの罪のない人々の命が失われてしまった。おれが何をしたというんだ？　それとも、何もしなかったせいなのか？

「さっきのキンケードの言葉を聞いたか？」と、ピカード。「最後のほうで口にした『ありとあらゆるものの調和(シンメトリー)』という言葉を？」

ライカーには、ピカードが何を言おうとしているのかわからなかった。

「キンケードたちはシンメトリストだったんだ、ウィル。百年以上もの時を経(へ)てシンメトリストが復活したんだ」

18

スポックはヴァルカンの空気を深く吸いこんだ。故郷の空気だ。

目の前には、昔——遊ぶことが許されていた子供のころ——よく遊んだゴル平原の赤味がかった砂地が広がっている。遠くにそびえるルランゴン山脈は、父サレックの小言(こごと)を聞きたくないときの逃げ場だった。だがスポックは、いつも必ずこの山中の屋敷へ帰ってきた。

セレヤ山で蘇(よみがえ)ったとき（『スター・トレック3　ミスター・スポックを探せ！』参照）も、スポックはここに帰ってきた。

スポックは両目を閉じた。故郷の砂埃(すなぼこり)は、かすかなシナモンの香りがする。母アマンダの声が今にも聞こえてきそうだ。地球人だったアマンダの命ははかなく、ヴァルカン人の寿命の半分も生きずに年老いて亡くなってしまった。

スポックは頭を垂(た)れた。もし母が生きていたら、わたしを許してくれただろうか？　父サレックが家族を——息子であるわたしを——もっとも必要としていたときに、わたしは父を守れなかった。

「タロックという名を覚えていらっしゃいますか？」

突然のスレルの声に、スポックはビクッとした。物思いにふけっていて、若い補佐官のスレルが近づく音に気づかなかった。地球人的な感情の支配が日増しに大きくなるにつれ、ヴァルカン人的な感覚が失われているのだろうか？

スポックは振り向いてスレルを見た。スレルは、屋敷の変化に富んだ建物群に隣接する大きな石の広場の端にいた。スポックは大使のローブをまとっていたが、スレルが着ているのは機能的な長いジャケット・スーツだ。

スレルは、小型のコンピューター・インターフェースを手に持っていた。サレックが使っていた旧式のものだ。外枠は厚手で透明な水晶でできており、メモリー容量は現在のパッド型のものより少ない。だが、屋敷のコンピューター・システムに接続して使うには充分であり、サレックには取り替える気がなかった。

スレルからその水晶のインターフェースを手渡されたスポックは、内部で輝くヴァルカン文字がよく見えるように角度を変えた。

「ペリン夫人のおっしゃっていたデータベースを見つけ、大使のご家族と親交のあった方のリストと照らし合わせてみました」と、スレル。「サレック大使がお亡くなりになる前の数カ月間にこの屋敷を訪れた方々の名前の中で、この屋敷のシステムに通信優先ファイルを持たないものが一つだけあります」

スポックは表示された名を読み取った——タロックだ。

「タロックならファイルは不要だ」と、スポック。「昔から家族ぐるみの付き合いをしてきた」

かつてスポックは、ヴァルカンの著名な学者であるタロックの膝の上で、〈ヴァルカン改革〉より前の時代の子供向きとは言いがたい話をよく聞かせてもらった。激しい戦い……妬み(ねた)や欲望……。情熱的な恋……冷酷な裏切り……禁断の愛のために滅びた王国の数々……すべてを犠牲にして父親の受けた非道な仕打ちの仇(かたき)を討つ息子たち……といった内容だ。

まだ子供だったスポックは、ヴァルカン人が感情を支配できなかった時代の話に魅了され、話を聞いたあとは当然のように怖い夢にうなされた。そんなとき息子をなだめるのはタロックではなく自分なのだ——と、サレックはよく不満を言った。だが、アマンダはタロックの味方だった。タロックの話を聞く集まりへの出席をスポックに奨励し、夫のサレックにはできるだけ内緒にしようとした。

地球の言葉を使えば、タロックはスポックにとって〝いい小父(おじ)さん〟だった。血のつながりはまったくない。

「タロックのファイルが消された可能性があります」と、スレル。「サレック大使殺しの容疑をそらすためです」

スレルは、どうしてもタロックを犯人にしたいらしい。スポックは戸惑った。

「タロックと父サレックは子供のころから友人どうしだ。両親は明らかにタロックを優遇(ゆうぐう)していた。だから、ファイルは必要なかった」

だが、スレルは食い下がった。「確かに、サレック大使と前妻のアマンダ夫人はタロックをよくご存じだったはずです。でも、後妻であるペリン夫人はどうでしょう？　ペリン夫人は、サレック大使とご結婚なさった後に以前のファイルを一新したとおっしゃいました。ご自分が屋敷で外交行事を行ないやすくなさるためだそうです」

スポックはスレルの意見をじっくり考えてみた。父サレックの最後の妻となったペリンは、今は地球に住み、ヴァルカン外交団で文化担当官の仕事をつづけている。ペリンはスレルに非常に協力的で、この屋敷のコンピューター・システムを作動させるのに必要なパスワードと暗証番号(コード)を教えてくれた。

「興味深い点に気づいたな」と、スポック。「アマンダとサレックはタロックを歓迎し、タロックや仲間たちを頻繁(ひんぱん)にこの屋敷に招いた。そのため、タロックが優先されていたことは明らかだ。だが、ペリンが屋敷の外交行事を整理する仕事を引き継いだ時点で、必然的にペリンのために新しいファイルが作りなおされた。

「タロックは現在、ゴンサール地方に住んでいます」と、スレル。

「ほう？」

「タロックもベンディー症候群に冒されています」

スポックは、思わず水晶のインターフェースのへりをグッとつかんだ。データの表示が通信ウインドーに切り替わった。

「ゴンサール地方への輸送手段を手配してくれ」と、スポック。

「すでに手配しました」両手を身体の後ろで組んだスレルが答えた。

スポックはうなずいた。そう言えば自分にも、今のスレルのように自分の論理に自信を持っていた時代があった。スレルは若いころの自分にそっくりだ。

父サレックがスレルを補佐官に選んだのは、このためだったのか？　サレックはスレルの中に過去のスポックの幻影を見いだし、過去をやり直すチャンスを——家出して宇宙連邦軍に入ったりしない息子を持つチャンスを——手に入れようとしたのだろうか？

スポックは、通信でタロックの屋敷に問い合わせながら、やり直すチャンスについて考えた。

スポックの人生の中で、父サレックとの関係をやり直すチャンスだけは、ついに実現しなかった。

通信で問い合わせると、タロックのスタッフから返答があった。スポックは訪問の許可を求めた。

タロックの看護婦を見た瞬間、スポックは無関心を装ったが、反応を隠しきれないスレルの様子に内心ニヤリとした。

看護婦は、クリンゴン人だった。

若いクリンゴン人看護婦は、ヴァルカン人の治療師が着る薄緑色の服を身体にピッタリと身につけていた。だが、額の畝や髪や態度は、どう見ても粗野なクリンゴン人のものだ。

「ヌクネハ？」

スポックとスレルが、木立に囲まれたタロックの私有地に着陸した小型反重力飛行機から降りると、クリンゴン人看護婦が唸り声を上げた。

スレルは不意打ちを食らったようだ。口に出さなくても考えていることはわかった。自分の健康をクリンゴン人にゆだねるとはなんと変わったヴァルカン人か？　そう思っているに違いない。

だが、スポックには充分に理解できた。タロックがクリンゴン人の看護婦を雇おうと思ったのは、〈ヴァルカン改革〉以前の残虐な話を多感な若者たちに語って聞かせるのと同じ理由だ。感情を抑制できるのは、まったく感情を持たないからだ——大半のヴァルカン人はそう考えている。だが、タロックはいつも自分の感情を楽しみ、公《おおやけ》の態度と、自分だけのひそかな楽しみとの違いをハッキリ理解していた。その点では、タロックの異端哲学はもっとも論理的だ。

「わたしはスポック、スコンの息子のサレックの息子だ。そして、こちらはわたしの補佐官だ」

看護婦はスポックに向かって歯を剝《む》き出し、ゆっくりとなめるようにスレルを見た。スレルの超然とした態度に隠されているものを冷静に見きわめ、スレルが感じた不安を楽しんでいる。

看護婦は、反重力飛行機が着陸した私道から二人を案内しながら、大きな木製の扉のほうへ頭を傾けて唸《うな》るような声で言った。

「こっちよ」

看護婦はクルリと背を向け、どんどん歩いてゆく。ピッタリと身体に張りついた制服が、鍛《きた》え抜かれた肉体の張りのある曲線を強調している。スポックは大切な用件で来ているこ

とをつい忘れ、スレルに軽口を叩いた。

「あの看護婦は、きみを気に入ったらしい」

だが、スレルは看護婦の後ろを歩きながら、その後頭部だけをにらみつづけた。自分もスレルくらいの年齢のときは、こんなふうにおもしろみのない男だったのだろうか——と、スポックは思った。おそらくそうだったろう。タロックに再会できるのは楽しみだ。スレルにもいい経験になるだろう。

スポックとスレルがタロックの屋敷の居間へ通されると、主人のタロックが待ち受けていた。白いローブのへりをつかみ、口をモゴモゴと動かしている。別のクリンゴン人看護婦がタロックに付き添っていた。案内の看護婦と同じく、身体の線がハッキリ見えるヴァルカン人の治療師ふうの服を着ている。

タロックは、スポックの記憶していたよりずっと小柄になっていた。ヴァルカン人のタロックは地球標準年の二百五歳で、老齢のため皺だらけだ。短く刈られた白い髪は妙な房を作って立ち、頬はげっそりとこけている。だが、顔に刻まれた皺は昔と同じようにいつも笑っているかのような印象を与えた。

タロックはクッションのきいた椅子に座り、老齢と病に完全に身を任せきっていた。天井の低い板張りの居間には、恒星間にまたがる交易を行なっていたころの記念の品々が飾られている。サレックが外交に携わるようになった一方で、タロックはヴァルカン交易使節団に参加した。タロックの明晰な知能と、他者を啓蒙する論理は宇宙連邦の誰よりも優れており、金銭のやりとりが必要ない現在のヴァルカンの経済環境が考案されたのはタロックの力によるものだ。フェレンギ社会で祝祭日にタロックの肖像が何枚も燃やされたという話も、スポックには充分に理解できた。

「タクタ」タロックの世話をしていた看護婦が恭しく呼びかけた。今では子供たちの間でしか使われなくなったタロックの愛称だが、スポックは驚かなかった。「お客様がお見えです」

タロックは顔を上げて看護婦の顔を見つめ、誰かを思い出そうとするかのように目をパチパチさせている。案内した看護婦がスポックに顔を寄せて尋ねた。

「ベンディー症候群の症状よ。わかる？」

「うむ」と、スポック。

看護婦は声をひそめ、耳障りな声でささやいた。

「偉いおかたよ。敬意を払うのを忘れないで。さもないと、あたしたち姉妹があんたたちの腸をえぐり取り、死体をノルセーラットの餌にしちまうよ。わかった？」

スポックはそんな脅しは気にしなかった。

「タロックはわたしの小父(おじ)さんだ。わたしも子供のとき〝タクタ〟と呼んでいた」

「そうじゃなきゃ面会を許さなかったわ」看護婦はもう一人の看護婦に向かって歯を剝(む)き出して合図し、二人いっしょに立ち去った。もっとも、どこかに隠されたスキャナーでスポックたちの一挙一動を見張るつもりに違いない。

スポックはタロックに歩み寄った。

「タロック、お久しぶりです」ベンディー症候群のタロックを包みこむ靄(もや)を払いのけようとして、スポックはふだんは出さないような大声を張りあげた。

波のように揺(ゆ)れるローブにすっぽりと身をくるまれたタロックは、スポックを見上げた。一瞬、ぼんやりしていたタロックの目が正気に戻り、子供っぽい笑みが顔いっぱいに広がった。

「サレックか?」

「息子のスポックです」スポックは看護婦が座っていた椅子に腰かけた。

「ああ」と、タロック。謎がすべて解けたかのような口調だ。タロックはスレルを見て目をパチクリさせた。「この若者は……?」

スレルが別の椅子を運んで座った。タロックと目の高さが同じになった。

「わたくしの名はスレル、ストンの息子のスタロンの息子です」だが、スレルが誰の息子だろうとタロックには関心がないようだ。「サレック大使の補佐官を務め、今はスポック大使の補佐官をしています」

「サレック……」タロックはため息をつき、手を伸ばしてスポックの手をつかんだ。ヴァルカンの礼儀に反した行動だ。ヴァルカン人はみな軽いテレパシー能力を持っているため、公的な場で他人の肉体に直接ふれることはめったにない。あるとしても、相手の同意を得た場合のみだ。「アマンダは元気かね？」

　スポックは無意識に〈コリナール〉の境地を求めた。今は頭をハッキリさせて感情を抑え、タロックを混乱させないようにしたほうがいい。

「母は亡くなりました。もう何年も前です」

「ああ、そうじゃ」と、タロック。「地球人じゃったな。さぞさみしかろう」

「わたしの両親のことでお話を伺いたいのです」と、スポック。

「立派な夫婦じゃった。サレックはひどい頑固者じゃったがな。集まりでもあまりにもきまじめすぎてな。地球人には好かれなかった。信頼はされたが、好かれはしなかった」

「サレックに最後に会われたのはいつですか？」

　スポックは優しく尋ね、タロックの気がそれないように努めた。ベンディー症候群のせいでタロックの回想があちこちに飛ぶのは仕方がない。タロックの記憶は一枚つづきのタペストリーに織りこまれ、あらゆる出来事が同時期に起こったかのように混在している。

「警告しようとしたんじゃ」タロックはため息をついた。片手でスポックの手を握りしめ、顔を見つめた。もう片方の手を伸ばしてスポックの精神ポイント(カトラ)に触れようとしたが、スポックは軽くかわした。ベンディー症候群の症状の進んだタロックと精神融合すれば、タロックにとっても自分にとっても危険だ。

「父のサレックに何を警告なさろうとしたのですか?」と、スポック。この方向で有益な答えが得られるのかどうかはわからない。サレックとタロックは過去に数えきれないほどの交渉を行なったはずだ。外交協定の成立にはたいていの場合、交易関係の問題も伴(ともな)う。

「やつらは戻ってこようとした」と、タロック。

「やつらとは誰です?」

「もう終わったと思っとった……終わらせたはずじゃった」強烈な記憶に心を奪われたかのようにタロックは早口でまくしたてた。「おまえさんたち家族の屋敷でな。おまえはもちろんその場にいなかった。いつも山へ出かけておった」タロックは深く息を吸いこんだ。耳障(みみざわ)りな音が混(ま)ざっている。

「サレックはひどく心配したが、おまえがなぜ山へ出かけるか、わしにはわかっておった」タロックはスポックの手を軽く叩(たた)いた。話すスピードが落ち、声が震えている。「タクタにはちゃんとわかっておった」

スポックはふとタロックに感情をさらけ出したい衝動に駆られたが、我慢した。本当は伝えたくてたまらなかった――一緒に時間を過ごし、タロックからさまざまな導きを得たことをどんなに感謝しているかを。

スポックはスレルをチラリと見た。スレルはまったく平然とした態度で、あくまでも観察者の立場を守っている。

「わたしの家族の屋敷で何を〝終わらせた〟のです?」と、スポック。

タロックはスッと手を引っこめ、ローブのしわを伸ばした。そして、若者のようなエネルギーあふれる大声で言った。

「おまえを仲間にするわけにはいかなかった。サレックは固く心に決めておった」

「何の仲間です?」と、スポック。

「サレックはそれがどういうことかを承知しておった。精神融合はできん……それが、父親にとっても息子にとってもひどく苦しいことだとな」

スポックは椅子に座ったまま背筋を伸ばした。タロックは何の話をしているのだ? スポックはどうしても知りたかった。

「危険を冒すわけにはいかなかった」と、タロック。「われわれ全員がじゃ。同じ大義を持った同志としか精神融合はできん」

「何の同志です？」スポックは執拗に迫った。感情を出さないようにすることなどすっかり忘れ、自制心を失った姿をスレルに見られていることも頭になかった。

タロックはしばらくのあいだスポックの顔を見つめた。だが、その目はスポックを見ておらず、どこか別の次元をさまよっているかのようにぼんやりしている。

「わしには息子がなかった。ときどき、おまえに話をしながら、おまえが本当の息子ならよかったのにと思ったものじゃ。わしの血を受け継ぎ、昔のように馬を馳せ、父の仇を討ちにゆく息子なら――とな。昔、父親と息子はそういうものじゃった。ずっとずっと昔は……」

「何の同志なのです？」スポックはあきらめなかった。

「おまえが宇宙連邦軍士官学校に入ったとき、わしはどれほど誇りに思ったことか。サレックはやはり正しかったんじゃ。もしおまえに告げていたら、どうなっておった？　おまえは立場上、わしらのことを報告せざるをえなかったじゃろう」

「タロック、お許しください……」

タロックの目の靄が晴れた。まともな目だ。

「〝許す〟というのは論理的な行為ではないぞ、スポック」

まるで父サレックが話しているかのようだ。スポックは取り乱し、こらえきれずに頭を前へ傾けた。隠し事にはもう我慢できない。スポックは衝動に駆られて両手でタロックの顔を押さえ、精神融合をはじめた。

ベンディー症候群の耐えがたい苦しみのために混沌となったイメージや感情や体験が、次々とスポックを襲った。父サレックや母アマンダの姿も一瞬だが認識できた。多くの人人の感情や思考が無秩序に混ざり合って大きな海となり、タロックの混乱した叫び声をのみこんだ。だが、スポックは力ずくでタロックの精神に押し入り——

そしてスポックは、いきなり後方へ吹っ飛ばされて床に激突した。身動きできずにいるスポックの胸の上に、クリンゴン人看護婦の一人が膝をついてのしかかり、ド＝ク・ターグと呼ばれるナイフを首に突きつけた。肌に押し当てられたド＝ク・ターグの柄に近い部分に隠された二枚の小さな刃が、左右に勢いよく開いた。

「恥を知らぬやつめ！」看護婦は唾を吐いた。

タロックから受け取った混沌としたイメージを理解しようと、なおもあがきながら、スポックは看護婦の後方に目を向けた。スレルがもう一人の看護婦に腕を抑えつけられ、首にナイフを突きつけられている。タロックは椅子に崩れ落ち、顔の前で両手を震わせた。その耳障りなすすり泣きにスポックの心は痛んだ。

「今すぐお帰り」看護婦はスポックの耳元で脅(おど)すようにシューッという音を立て、トリリウムの入った袋を扱うように乱暴にスポックをつかんで立たせた。

スポックは看護婦の手を振り払おうともがき、大声で叫んだ。「タロック！　ゴンサール地方の長官は誰なんですか？」

部屋の奥でタロックが顔を上げた。落ちくぼんだ両目から涙があふれている。

「わしはサレックに言ったんじゃ――暗証番号(コード)を知ったやつらは必ず殺しにくると！　やつらはきっと戻ってくるとな！」タロックは不意に横を向き、震える指を突き出した。

「あそこじゃ！　何もかもあそこにある！」

スポックはタロックの視線を追った。だが、看護婦がスポックを力ずくで戸口のほうへ引きずりはじめた。タロックの指先は戸口の横にあるテーブルに向けられている。テーブルには、古めかしいＩＤＩＣメダルと巻き物、それに文化的価値のある大昔の工芸品がいくつか置かれている。

だがその中に、ごく一般的な民間人(みんかんじん)向けの黒いホログラム投影機――バベルで若いクリンゴン人士官から受け取ったのと同じタイプのものだ――が紛(まぎ)れていた。場違いとしか言いようがない。

情容赦(なさけようしゃ)ない力で看護婦につかまれたまま、スポックは叫んだ。

「タロック！　誰が父を殺したんです？」

タロックは苦しそうによろめいて立ち上がった。身体を震わせ、懇願するように両手を前へ差しのべている。

「わしを許してくれ、スポック。スラックよ、どうかわれわれをお許しください……」

そのとき突然、部屋が揺れ、最初の爆発音が響いた。スポックはふたたび炎の渦と、自分自身のものではない記憶の中へ押し戻された。

19

スポックは暗闇で意識を取り戻した。遠くのほうからフェイザーとディスラプター・ビームの発射音が聞こえてくる。近くで、また爆発が起こった。

スポックは立ち上がろうとした。だが、スレルに押し止められた。

「屋敷が襲撃されています」と、スレル。

「タロックはどこへ行った?」と、スポック。

「二人のクリンゴン人看護婦に連れてゆかれました。われわれは急いで反重力飛行機のところへ戻らなければなりません」

「いや! 何があってもタロックを探しだす!」と、スポック。感情が剝き出しになった声だ。スレルは驚き、後ずさりした。

スポックは上半身を起こして辺りを見まわした。少しずつ目が暗闇に慣れてきた。さっきの居間だ。時間はわずかしか経っていない。だが、煙の臭いがする——屋敷が燃えているらしい。

「なぜ、タロックに執着なさるんです？」と、スレル。「タロックがお父上を殺害した——そうお考えなんですね？」

スポックは立ち上がってローブを脱ぎ捨て、黒のズボンと長衣(チュニック)だけの姿になった。

「先ほどの精神融合で両親を見た」と、スポック。「何年も昔の姿だった」

スポックは急いで戸口へ向かい、スレルもあとを追った。

「両親はシンメトリストだった」と、スポック。

「あのカルト集団のですか？」と、スレル。かすかな嫌悪感が声に混(ま)ざっている。

「シンメトリストはカルト集団ではない。元々は政治運動だった。革命組織と呼ばれるようになったのは、ほかの惑星へ広まったあとのことだ」と、スポック。

居間の出入口を出ると、廊下も真っ暗だった。屋敷のパワー・ラインを断ち切られたに違いない。スポックは耳をすまし、人々の走りまわる音から襲撃者の数を割り出そうとした。

「サレック大使の元(もと)首席補佐官メンドロッセンのホログラム映像が話していたのは、そのことだったんですね——あの『大義のため』とか『改革のため』という言葉は——」と、スレル。

「シンメトリストの大義は二百年ほど前に否定された」と、スポック。

襲撃者たちは、屋敷の裏の森から攻めてきているらしい。屋敷の正面の私道に置かれた反重力飛行機のところまでなら戻ることも可能だ。だが、どうしてもタロックを置いてゆくわけにはいかない。この襲撃の目的はきっとタロックだ。

「そうだとしても、タロックの頭は正常ではないのです」と、スレル。「昔の記憶が混入しているのでしょう」

スポックは建物の正面玄関へつづく廊下を指さし、スレルに向かって言った。「反重力飛行機のところで待っていてほしい。わたしはタロックを探しにゆく」

「お待ちください」と、スレル。「大使はヴァルカンにとって——ロムランにとっても——非常に大切なおかたです。ここで使命を終わらせてはなりません」

スレルの主張はもっともである。だが、スポックが今からやろうとしているのは個人的なことだ。

「タロックの命を救えないのなら、タロックの知識が失われる前にもう一度、精神融合をしなければならない。行くんだ、スレル。きみの手でヴァルカンとロムランの再統一の夢を実現させてくれ」

今はスポックの論理に反論すべきときではない——そうスレルは気づいたらしい。「平和とご長寿を。わたしは大使といっしょにお仕事できることを名誉だと思っています」

「長寿と繁栄を」と、スポック。「さあ、行きたまえ！」

スレルは急いで廊下を駆けていった。スポックはスレルとは反対に、交戦の音の盛んなほうへ向かった。

スポックは、廊下の幅がいちだんと狭くなっているところへたどり着いた。空からこの屋敷を見おろしたときに、ここが二つの大きな建物をつないでいる部分だとわかった。この廊下の向こうの建物の周辺で戦いが繰り広げられているらしい。

誰が戦っているのだろう？　ふと、スポックの頭に疑問が浮かんだ。タロックの屋敷には当然、二人のクリンゴン人のほかにもスタッフがいるはずだ。疑問は、ほかにもある。タロックの命を狙う人物は、なぜ一キロ以内にあるものをすべて一掃できる大量の量子爆薬を使わないのだろう？

誰の仕業か、すぐに知られるからだ——と、スポックは考えた。単純な方法ほど足がつきにくい。

だが、その戦略と、ますます激しくなる武力戦の音とは、どう考えても矛盾している。襲撃者たちはタロックの屋敷の警備隊の規模に驚いたのだろう。

スポックは狭い廊下を静かに進み、もう一つの建物へ向かった。背の高い窓にオレンジ色や青色のビームが反射する。フェイザー・ビームの中には、宇宙連邦軍の標準型携帯フェイザーと同じ波長のものがあるようだ。タロックには宇宙連邦軍の友人が大勢いるのだろう。

廊下の突き当たりは大きな広間(アトリウム)だ。外の銃撃戦の光がチラチラと入ってくる。スポックは、広間(アトリウム)の中央にある大木までの距離を目算し、九分の八の確率で誰にも見つからずにそこまでたどり着けると推測した。交戦の中心は、クリンゴン人の看護婦たちがタロックを連れ去った場所に違いない。背後から攻めれば、敵の注意をそらせるかもしれない。

スポックは武器になるものはないかと考えながら、中央の木に向かって駆けだした。

だが、わずか一メートルのところで暗くて何かはわからない障害物につまずき、タイルの床(ゆか)に倒れて、うめいた。

横に転がって身をかわすより前に、誰かがスポックの背中に飛び乗り、肋骨(ろっこつ)の下を拳(こぶし)で一撃した。

スポックは息をドッと吐き出し、負けじと肘を突き上げた。敵は傍(かたわ)らへ転げ落ち、うめき声を上げた。

スポックはすぐに四つん這(ば)いになって立ち上がろうとした。だが――

――敵に足を払われ、ふたたび床(ゆか)に倒れた。

スポックはあえいだ。若いころに激しい接近戦の訓練をしたときから、もう百年も経つ。

スタミナは明らかに落ちている。だが、腕にはまだ自信があった。

スポックは、近づく人影に向かって足を蹴り上げた。足は相手のみぞおちを直撃した。

相手が床に倒れる音を聞いて、スポックは飛びかかった。重なって二回転したあと、スポックは片手を下ろし、ヴァルカンつかみでとどめを刺そうとした。

だが、その指は装甲服に阻まれた。

いきなり拳がスポックの顔面を殴りつけた。

またしても、スポックは転がった。

すかさず、敵が飛びかかってきた。

スポックは敵の首に両手を回した。敵の手も同じようにスポックの首に伸びてきている。

スポックは急いで手に力をこめた。

こうなったら、窒息せずに長く持ちこたえられたほうの勝ちだ。

スポックはあえぎながら、両手の指に渾身の力をこめて敵の首を締めつけた。

敵も苦しそうにあえいでいる。やはり、現役の戦士ではないらしい。

スポックは、自分の力が弱まってゆくのを感じた。

だが、敵の力も急速に弱まっている。

何かが妙だ。

突然、外で発射されたフェイザー・ビームが広間(アトリウム)の窓を貫(つらぬ)き、スポックの背後の木に命中した。乾いた葉がボッと燃え上がった。爆発の光がチラチラと輝く中で、スポックはついに敵の顔を見た。

そして、百四十三年にわたる生涯でたった数回しか上げたことのない叫び声を上げた。

20

カークも叫んだ。スポックに負けない大きな叫び声だ。

暗闇で戦っていた相手がゴーン人（『謎の精神寄生体』収録「決闘場」参照）だとわかったとしても、これほど驚きはしなかったろう。

カークはスポックから飛びすさった。

スポックは口をポカンと開けてカークを見つめている。

「カーク艦長？」と、スポック。

「スポックか？」と、カーク。

スポックはパッと笑顔を浮かべ、両手でカークの肩をつかんだ。

「ご無事でしたか！　艦長がボーグの本拠地から無事に脱出されたことはわかっていました！」

そのとき、またしてもフェイザー・ビームが閃き、広間の窓ガラスを粉々に砕いた。カークは素早く身をかがめた。

スポックは両手を引っこめ、気持ちを落ち着かせようと努めた。「ここで何をしておいでです？」

「きみを探していた」と、カーク。「きみのほうこそ、ここで何をしている？」

「父サレックを殺した犯人を知る人物を助け出そうとしているのです」と、スポック。

「タロックだな？」と、カーク。

スポックは目を細くしてカークを見た。「これは驚きました」

カークはサッと立ち上がり、親指で広間（アトリウム）の出口を指（さ）し示した。

「おれのクルーが外にいる。森の中からフェイザーを持って現われた敵の数は少なくとも五人だ」

「艦長のクルーですって？」スポックも急いで立ち上がり、カークの横に並んだ。

「お互いに、ずいぶん息が荒いな」カークがおかしそうに笑った。

「鍛練不足です」と、スポック。

「久しぶりになまった身体を動かすとするか」

カークは出口へ向かって走った。スポックも横に並んで走った。

スポックがいるだけで、カークは百歳——いや、二百歳——も若返った気がした。

屋敷の外での戦いは、すぐに無駄なく片づいた。

スポックがフェイザー・ビームの角度からそれぞれの襲撃者の位置を正確に推測し、カークのクルー——じつは〈トビアス〉のクルー——が襲撃者たちをその場に釘づけにしておく。そして、カークが木々のあいだから奇襲し、スポックがヴァルカンつかみでとどめを刺す……という戦法だ。身体を縛るのには、襲撃者たち自身のジャケットを使った。

襲撃者は五人ともヴァルカン人だった。カークは困惑したが、驚かなかった。ウイルスを取り巻く事件にヴァルカン人が関わっていることはわかっている。そのためにスポックを探しにここまでやってきたのだ。幸い、ヴァルカン外交団はスポックの旅行日程を丹念に調べあげ、宇宙連邦軍科学艦〈トビアス〉のクリスチン・マクドナルド艦長に伝えてくれた。

最後の一人を片づけるころには、カークもスポックも肩で息をしていた。だが、カークは、こうして身体を動かすのが心地よかった。

「なあ、スポック」と、カーク。前かがみになって膝に両手をつき、ゼイゼイ言いながら呼吸を整えている。「一時間前なら……こんなドタバタ騒ぎもなつかしい、といっただろうがな……」

スポックは木に寄りかかり、同じようにゼイゼイ言っている。だが、頭の中ではまったく別のことを考えていた。

「艦長はいったいどうやって……あの破壊されたボーグの本拠地から……ご生還なさったのです？」

カークはタロックの屋敷にチラリと目を向けた。こちらに向かって何人かの人影が走ってくる。

「その話はあとにしよう」と、カーク。

やってきたのは、〈トビアス〉のクルー――クリスチン中佐とム＝ベンガ医務長とテラライト人のバーク機関長――だった。

カークがスポックを紹介すると、三人とも口をポカンと開けて、畏怖のこもった目でスポックを見た。

「カーク艦長とスポック副長ですって？」と、クリスチン。

「おれの言ったことを忘れたのかね？」カークはム＝ベンガの医療トリコーダーを慣れない手つきで操作し、ほかの建物から離れて建つ小さな建物を指さした。「さあ来い、スポック。タロックを探しているんだろう？」

カークが駆けだし、全員がつづいた。カークは、ほかの者たちの前でゼイゼイ言わないよう必死に努力するスポックと自分の姿に笑いをこらえた。

小さな建物は瞑想室だった。建物の内部に二人の生命体反応――どちらもヴァルカン人で、一方はかなりの高齢だ――が読み取れた。だが、今度もカークは驚かなかった。

カークは、凝った彫刻のほどこされた木の扉をそっと開いた。厳粛な部屋の中に灯されたロウソクが、そこに凍結された超現実的な厳しさに温かみを与えている。

床の上に二人のクリンゴン人女性が大の字に倒れていた。周りに濃いピンクがかった紫色の血だまりができている。部屋の奥で、若いヴァルカン人男性がヴァルカン人の老人を抱きかかえていた。

カークは急いでトリコーダーの表示をチェックした。年老いたヴァルカン人は見る見るうちに衰弱してゆく。ム＝ベンガはカークの手からトリコーダーをひったくり、今にも死にそうな老人に駆け寄った。

「どなたか、この男性の病歴をご存じありませんか？」と、ム＝ベンガ。切迫した口調だ。

スポックがカークの前へ出た。「ベンディー症候群だ。わたしはどうしてもこの男と精神融合しなければならない」

ム＝ベンガがスポックの前に立ちはだかった。「このかたの命はもう長くありません、大使。それに、ベンディー症候群です。この状態ではカトラを求めることもできませんわ」

「きみにはわからんだろうが、真相を知る者はこの男しか——」

「ご臨終です」

若いヴァルカン人——スレル——の宣告に呆然とするスポックの姿を見て、カークは胸が痛んだ。まるでこの老人がスポックの人生でいちばん大切な人であったかのようだ。

カークはスポックの傍らへ歩み寄った。「安心しろ、スポック。これからはおれたちが協力する」

スポックは顔を上げ、背筋を伸ばした。スレルが立ち上がった。

「スレル」と、スポック。堅苦しい口調だ。「こちらはジェイムズ・T・カーク艦長だ」

スレルはしばらくのあいだカークを見つめ、片眉を吊り上げた。いやというほど見慣れた表情だ。

「きみの友人か？」カークは微笑んでスポックに尋ねた。

「補佐官です」と、スポック。

「よろしく」カークは、ヴァルカン人のスレルに向かって手を差し出すような真似はしなかった。「もう少し愉快な状況で出会えればよかったな。だが、きみとはうまくやってゆけそうだ」

スレルは沈黙を守った。

カークは、このような反応に慣れていた――自分が死んだという噂が何度も伝えられてからは、とりわけ慣れっこになっている。カークはもう一度、倒れている二人のクリンゴン人を見た。ム＝ベンガ医務長がその傍らにひざまずいている。

「死因は？」と、カーク。

「ディスラプター・ビームのようです」と、ム＝ベンガ。自信のない口調だ。「ディスラプターで撃たれた場合、出血することはまれです。〈失神〉にセットして至近距離で撃たれた可能性がありますが……」ム＝ベンガは立ち上がって制服を整えた。「当局の検死を待たなければわかりません」

「当局へ連絡するのは賢明とは思えない」と、スポック。

一同は驚いてスポックを見た。

「わたしの現時点までの調査では、当局が信用できるという保証はない」と、スポック。

「何だって？」と、カーク。「ヴァルカン当局が信用できないと言うのか？」

クリスチンがカークに歩み寄った。「チャルを襲ったのが誰かを考えれば、スポック大使のご意見はごもっともですわ」

ようやくスレルが口をきいた。「あなたがたはチャルにいらっしゃったのですか？」

「五日前までな」と、カーク。

「しかし――」と、スレルは口ごもった。「あそこは、ウイルスに感染した星の一つです。チャルにいらっしゃったのであれば、あなたがたはヴァルカンにウイルスを持ちこんだことになります」

ム＝ベンガが〈トビアス〉のクルーを代表して答えた。「わたしたちはウイルスには感染していません。それに、カーク艦長が動物細胞からウイルスを取り除く薬を見つけてきてくださいました」

「治療薬ですか？」と、スレル。動揺しているらしい――と、カークは気づいた。もっとも、ヴァルカン人が動揺すればの話だが……。

ム＝ベンガは首を横に振った。「ウイルスの感染力を弱めることはできますが、治療薬ではありません。でも、隔離された星系に適切な処置をほどこすことによって、少なくとも立ち入りは可能になります」

専門的な討議はあとでいい。いま何をすべきかについてはスポックが適切な判断をくだしてくれるはずだ。

「ここはきみの故郷だ、スポック。これからどうする？」と、カーク。

「とりあえずは自力でやります」と、スポック。

「賛成だ」と、カーク。こういうところは昔と何も変わっちゃいない。

カークは二人のクリンゴン人とタロックの死体を見つめた。「科学捜査班を呼んでここを片づけさせ、ヴァルカン当局が関与してきた場合に備えて報告書を作らせることにしよう」

「科学捜査班ですと？」と、スポック。

「クリスチン中佐の科学艦だ。おれが自力でここまで飛んできたと思うのかい？」と、カーク。

「そうだとしても驚かないでしょうな」スポックは、誰も気づかないくらいかすかな微笑を浮かべた。「それで艦長が息を切らしていらっしゃる理由も説明がつきますからね」

クリスチンとム＝ベンガとバークの三人が困惑の表情を浮かべている。

「わたしの聞き違えでなければ――」と、ム＝ベンガが唸るように言った。「今のは、ヴァルカン人である大使のご冗談でしょうか？」

「ご冗談を〝おっしゃろうとした〟ってことね？」クリスチンがニヤリと笑った。

スレルは手を後ろで組み、無表情で二人を見た。「ヴァルカン人は冗談など絶対に言いません」

「ルルルル」と、バークが唸った。「じゃあ、あんたはヴァルカン人がテクニカル・マニュアルをどんなふうに翻訳するかご存じないんですか？　あたしの持ってるテクニカル・マニュアルのうちで理解しにくいものは、みんなヴァルカン人が書いたものですぜ」

　カークはスポックをチラリと見た。

「今の冗談は全部、昔のおれの責任ってわけか。ほかに心当たりはあるかい、スポック？」と、カーク。

　スポックはしばらく考えこんでいるふうだったが、ふいに片眉を吊り上げた。「艦長しか考えられませんな」

　カークはニヤリと笑った。スポックがいなくてさびしい思いをしたことなど、はるか昔の出来事のようだ。カークは、民間服のシャツにつけた宇宙連邦軍の通信記章を手で探った。

「カークより〈トビアス〉」いつもの高い声だ。「六名をビーム転送収容してくれ」

仲間はそろった。これで、いつでも仕事に取りかかれる。

21

環境システムのかすかな作動音が聞こえる。〈エンタープライズE〉の展望ラウンジは静まりかえっていた。ラ＝フォージュ、データ、ロルク大尉、ライカーは席にすわって、大きな窓ごしにゆっくりと回るアルタ・ヴィスタ二五七の惑星表面を眺めた。同時に、テーブルの向かい側にある輝かしい歴代〈エンタープライズ〉の展示ケースを見つめてもいる。誰も口をきかない。ただじっと、カウンセラーのディアナ・トロイが心を落ち着かせるのを待った。

トロイは純粋なベータゾイド人ではないが、感情移入能力（エムパシー）を持っている。その能力を、キンケード所長、ストロン、その妻、そしてほかの千四百人の死の瞬間まで集中させせつづけていた。

トロイの心の内面では、恐るべき感情の大波が押し寄せ、その余韻は今もトロイを動揺させ、孤立させていた。反応炉が爆発した瞬間、ガモー・ステーションから発せられた恐怖の感情の大波だ。

ライカーは、このブリーフィングにトロイを出席させる必要はないと思った。あの惨事から、まだいくらも時間がたっていない。だがピカードは、あえてトロイを出席させた。幹部クルー全員の出席を求めるには理由がある——そうピカードは言った。

そのとき、向かい側の隔壁の前に、新しいバーチャル・スクリーンがチラチラとゆらめいて現われ、室内の重苦しいムードを破った。

スクリーンに、ピカードとドクター・クラッシャーが映っている。この映像は〈ガリレオ〉から送られてきたものだ。艦長とドクターはウイルスの感染を防ぐため、まだ減圧したシャトル・ベイ・デッキに隔離されている。ライカーはピカードの顔の傷にあてた包帯が小さいのを見てホッとした。艦長はかなり元気を回復したようだ。ドクター・クラッシャーの治療が効いたらしい。

「きみたちと、このような形で話さねばならないのは残念だ」と、ピカード。「だが、わたしはウイルスの保菌者だ。ドクター・クラッシャーが確認した」

「わたしも感染しています」と、クラッシャー。

「なにか悪影響がありますか?」と、ライカー。

「症状は軽いわ」クラッシャーが答えた。「微熱と、軽い胃腸の不快感だけ。ふたりとも、このウイルスの症状の典型的な三十時間にわたる進行カーブをたどってるわ。明日までにはよくなるでしょう。伝染性は残るけど」

ピカードがミーティングの口火を切った。

「ロルク大尉、宇宙連邦軍から応答はあったかね？」

ボリア人女性のロルク大尉は眉をひそめた。青い色の顔を真ん中で分ける肉の盛り上がった畝（うね）が、こわばっている。

「第七一八宇宙基地と中継リンクがつながりません」ロルクは、ピカードの質問を待たずにつづけた。「艦内の全システムを使って試していますが、まったく応答がありません。隔離封鎖に参加しているどの艦（ふね）も同じ状態です」

「何らかのタイプの亜空間通信妨害だろうか？」と、ピカード。

ロルク大尉はライカーを見た。この状況のことは、すでにみんなで話し合った。返答に窮したロルク大尉に代わってライカーが報告を引き継いだ。

「艦長、これは亜空間通信で飛びかうただの噂かもしれませんが、未確認情報によれば……第七一八宇宙基地で暴動があったそうです」

ピカードは厳しい顔つきをしたが、何も答えなかった。通常なら、暴動など起こるはずがない。だが、この数カ月、宇宙連邦の組織基盤では緊張が高まっている。ウイルス被害のもっともひどい惑星では、全面的な食糧や資源不足のための暴動が発生した。しかし宇宙連邦軍の施設で暴動が起こるとは考えられない。これは、状況が急速に悪化したという警鐘ではないか？

「真偽のほどは、まだ確認できません」ライカーは付け加えた。「しかしこの七日間、隣接する星区（セクター）の、どの艦船も第七一八宇宙基地と連絡がとれておりません。それを考えると、何か……混乱が生じたとしか思えません」

ライカーは、ピカードが見せる修行僧のような表情には慣れていた。ウイルスがピカード自身にどんな影響を与えていようが、ピカードがそれをクルーに明かすことはない。ピカードは航宙艦の艦長なのだ。

「ロルク大尉、もちろん亜空間中継ネットワークのほかのリンクを通じて、宇宙連邦軍司令部と連絡をつける努力はしているだろうな」と、ピカード。

「はい」と、ロルク。「宇宙連邦軍のシステムは、ときどき……オーバーロードや機能停止を起こしています。緊急通信が異常に増えているためです。しかし、明日中には必ず連絡をつけるつもりです」

「高速転送ビームを使えば、一日で五光年以上は移動できる」

ピカードが何を言おうとしているのか、ライカーにはわかった。

アルタ・ミストのサンプルを抱えたストロン夫妻が、どうやって爆発する〈ベネット〉から脱出したのか——ライカーたちは、ついにその謎を解明した。

ふたりはアルタ・ヴィスタ二五七と名づけられた小惑星へビーム転送した。〈ベネット〉の偏向パラボラが疑惑の亜空間空電バースト（信号強度の突然の増大）を発している最中にだ。ワープ・コアの破壊が始まったのは、その直後だ。説明のつかない異常なセンサー記録は、このときの空電が原因だった。

ピカードは、ストロン夫妻の残留有機物が検出されないことが明らかになると、夫妻が秘かにビーム転送したのかもしれないと言った。だが、ビーム転送装置の有効範囲内には、ほかに艦はいない。それに、〈エンタープライズ〉でどんなに探しても、小惑星には人工構築物も、生命維持装置つきのポータブル・シェルターを使った痕跡もなく、そのようなものの存在もなかった。

ストロン夫妻がビーム転送したのは、ニッケルと鉄でできた小惑星の内部にある天然の気泡の中だ。その気泡は、小惑星の地下二・八キロメートルにあり、完全に地下に埋もれ、外から完全に遮断されている。〈エンタープライズ〉にピカードが「小惑星へ引きかえして徹底的に捜索せよ」と命じたあと、データがこの気泡の内部を調査した。

気泡は八十億年以上前、アルタ・ヴィスタ星系の惑星から小惑星が分離して冷えたときに、小惑星の金属部分の中で形成された。小惑星の内部には同じような気泡が何百もある。その一つだ。内部はほぼ球形で、直径約二十メートル。絶縁物に囲まれ、照明装置と、アルタ・ミストを収納するタンクがあった。小型の生命維持装置もある。これが気泡内部を大気で満たすと同時に、平均が摂氏マイナス三百五十七度の小惑星内部の温度を上げるために使われた。

　小惑星内部にしては異常に高温の気泡を、ロルク大尉が探知し、リモコン方式のセンサー装置を気泡の中にビーム転送してスキャンした。その後、気泡内部へビーム転送されたデータ少佐が、中にあった装置類を回収した。

〈ベネット〉の見せかけの爆発から数日後に真相がライカーたちによって明らかになった。生命維持装置の消耗品の供給量から、複製機の複製量をデータがはじき出した。それをもとにデータが報告したところでは、ストロン夫妻がこの気泡の中に潜(ひそ)んでいたのは、せいぜい数時間だったらしい。その後、星系外から小惑星にやってきた第二の艦(ふね)が、ふたりをビーム転送収容した。アルタ・ミストも、このときに収納タンクから転送されたようだ。タンクの内側表面に、空気で運ばれる単細胞植物の残留物が付着していた。タンク内部のウイルス汚染濃度は、極端に高かった。

　その後、第二の艦(ふね)がどんな方法でストロン夫妻をアルタ・ヴィスタ3へ戻し、星系外へ去ったか、詳しいことはライカーにもわからない。だが、周回軌道上にいたとき、〈エンタープライズ〉は、透明偽装艦の存在の目印となるタキオン素粒子を特にスキャンしようとはしなかった。この事実はロルク大尉が確認している。透明偽装した高速の小型艦なら、誰にも気づかれずに隔離封鎖網をすり抜けることが可能だったのだ。

つまり、問題の艦は、すでに何十光年もの彼方に逃げ去った可能性が強い。おそらく、ウイルスで汚染されたアルタ・ミストも一緒に、未知の目的地へ運ばれているだろう。艦長の指摘どおり、追跡が遅くなればなるほど、致命的な積荷を載せた正体不明の艦はますます遠くへ逃れ去ってしまう。

「ガモー・ステーションが破壊された以上、この星系で隔離封鎖をつづけるのは無意味だ」スクリーン上のピカードは、集まった幹部士官たちに告げた。「宇宙連邦軍の命令がない以上、わたしは上官として、封鎖艦の任務を解き、ほかの重要任務へ振りむけることにする」

全員の頭に浮かんだ疑問を、ライカーが口にした。

「それで、われわれの任務は何ですか？」

「きみたちに相談したいのはそこだ」と、ピカード。「ここで目撃した一連の出来事から判断して、宇宙連邦の安定を揺るがすこの伝染性ウイルスは計画的なテロ攻撃の疑いがある。おそらく、シンメトリストとして知られる組織のしわざだろう」

「シンメトリストって、いったい何ですか？」と、ラ＝フォージュ。「そんな組織は聞いたことがありません」

「ほとんど知られていないからな」と、ピカードは説明した。「この集団は二百年以上前にヴァルカンで始まった環境保護運動から生まれた。ちょうど、宇宙連邦の創設直後の時期だ」

「シンメトリストは宇宙連邦に対する反対勢力でした」突然、データがあとを引き取った。「地球でいう、分離独立派です。分離独立派も地球が宇宙連邦に加わるのを阻止しようと、政治活動をしていました。シンメトリストは、論理的に当然のこととして、ヴァルカンとそのコロニー惑星も独立を保つべきだと考えたのです」

「データ、シンメトリスト運動のことを、ずいぶん勉強したのね」スクリーンから、クラッシャーが言った。

「わたしはいつも、ヴァルカン人の間に見られる意見の相違に魅了されます。論理を重んじる種族にしては、感情的なほかの種族と共通する性癖が多いのです。政治的に意見の違う党派に分かれて――」

「つまり、〝イエス〟ということだな」長々しい講釈がつづきそうな雲ゆきに、ピカードがケリをつけた。「しかし地球では、さまざまな分離独立派の活動は二十一世紀まで残っていた地域主義の最後のあがきだった。ファースト・コンタクト後の〈宇宙連邦再建〉の時期に、このような勢力は一掃された。地球の世界政府のメンバーの間では、宇宙連邦に反対する本格的な運動は起こっていない。またヴァルカンでは、反対勢力は政治的な理由で排斥されなかった。むしろヴァルカン人は、宇宙連邦を銀河の生態系(エコロジー)に対する脅威と感じた」

ピカードの言葉に、ライカーは歴史の講義を思い出した。士官学校(アカデミー)の二年生だったときの講義だ。当時はまだ、銀河の生態系(エコロジー)についての問題は、宇宙古生物学者の間で議論の的だった。

多くの惑星間には共通する生命体がいる。隕石(いんせき)の激しい衝突によって同種のバクテリアやウイルスが多数の惑星に広まったからだ。地球の太陽系ひとつを取っても、地球の微生物、火星の地中バクテリア、エウロパ（木星の第二衛星）の海洋生物、水星の氷中ウイルスはすべて、共通の祖先を持っている。

後年、遠い惑星どうし——たとえば地球と、クオ＝ノスと、ヴァルカンの間にも同種の生物がいることが証明され、人々を興奮させた。これは銀河系で最初に進化したヒューマノイド種族が、何十もの惑星へ遺伝子の種まきを行なった結果だ。このヒューマノイド種族の発見は、〈エンタープライズ〉のクルーの功績である。種まきは今から四十億年以上も前に行なわれた。

しかし、まだ専門家の間で意見の一致しない疑問もある。惑星間の生物は今でも互いに関連し合っているのか？　銀河系全体におよぶ自然のネットワークは存在するのか？

多数派の科学者たちは「そんな考えは、いい加減な観察とデタラメな推理の空論だ」と批判した。当時の科学界を支配した人々にとって、有生命惑星の生物は、それぞれが独立した存在であり、利用価値のある存在だった。多数派は、個々の惑星世界が放射線の充満する冷たい真空宇宙によって隔離されているだけだと信じた。

だがヴァルカンでは、強硬な少数派が、多数派こそ間違っていると反論した。今日の科学で厳密に証明できないという理由だけで、諸生物間の相関ネットワークが存在しないとは断言できない。未知の――おそらく人間の観察者にはわからない――形でネットワークは存在するのかもしれない。そう反論した。

シンメトリスト運動をはじめたヴァルカン人の科学者たちの主張――〝惑星は生命の鎖（くさり）の中のひとつの輪であり、生命は物質とエネルギーという銀河の自然な満ち引きのリズムに従（したが）って進化する〟によれば、銀河の生態系（エコロジー）は一個の有機体といえる。とてつもなく広大無辺な有機体だ。星々の誕生と死も一瞬の出来事でしかない時間的スケールで動く有機体である。

ワープ航宙はこの銀河の生態系(エコロジー)の自然な状態を乱すものだ。遠い惑星へワープ航宙船で行き来することによって、デリケートなバランスを保つ惑星の生物圏(バイオスフィア)が、何十億年という長い単位ではなく、何年という短い単位で乱されてしまう。これはまさに犯罪だ。生態系上の犯罪である。

だが、新しく発足した宇宙連邦は、銀河のすべての惑星を組織的に開発する決定をし、そのための規則と規制づくりを始めた。この方針に科学的見地からもっとも激しい反発の声を上げたのがヴァルカンだ。

反対派たちは「知的生命体は銀河の生態系(エコロジー)の管理者であるべきで、それを食いものにするべきではない。地球人も、ヴァルカン人も、テラライト人も、アンドリア人も……宇宙へ進出したすべての文明の市民は、万物が調和(シンメトリー)を保って存在していることを認め、それを守っていく責任を持つ」と主張した。

そして、「銀河は一個の生命体と同じであり、調和(シンメトリー)こそ最高の理想である」と明言した。

したがって、宇宙連邦が個人の生存権を認めるならば——事実、認めている——すべての生命体の生存の権利も認めるべきである。もちろん、その中には銀河もふくまれる。

当時、広く知られた著名な科学者や哲学者を筆頭に、シンメトリストたちは宇宙連邦憲章を修正するよう訴え、新しく惑星が発見されるたびに厳格な隔離協定を結び、惑星本来の生物圏(バイオスフィア)を守るよう求めた。コロニー化と地球化は完全に生物が棲(す)んでいない惑星にかぎるべきだ……。

論理的に、この主張は絶対に正しく、妥協はしない……。

だが、ライカーの記憶では、宇宙連邦はシンメトリストの訴えを無視した。シンメトリストの主張には根拠がなく、まだ証明されていないというのが理由だ。本音はシンメトリストの言うとおりにしていたら開発コストが高くつき、銀河探査がストップしてしまうということだ。

もし、訴えた科学者たちが、銀河に対する自分たちの強引(ごういん)な考えかたを証明する動かぬ証拠を提供できるなら、提案を考えなおしてもよい……。だが、その時までは、宇宙連邦はこれからも銀河を、誰もが利用できる単なる資源とみなす——宇宙連邦評議会は、そう結論づけた。

「宇宙連邦が野心的な探査計画に反対するヴァルカン人科学者たちの主張を拒否したとき、

シンメトリスト運動が始まった」ピカードが話をつづけた。「最初は、ゆるやかな学者グループの組織だった。宇宙連邦評議会に対して、自分たちの主張を裏づけるデータを集めることに専念していた。しかし、やがてほかの惑星の科学者グループと連携し、活動範囲を広げた」

「惑星デネヴァの人質事件が起きたのは、そのころですね」と、ライカー。

ピカードは、幹部クルーに同じ歴史知識を持つメンバーがいることに満足そうな表情を見せた。

「そのとおりだ、副長（ナンバー・ワン）。当時のデネヴァは、その象限内でもっとも美しい惑星のひとつとされていた。生物圏（バイオスフィア）は充分に発達した典型的な地球型だ。まさに、宇宙連邦がコロニー化したがる惑星だった。そして、シンメトリストたちにとっても、デネヴァは手つかずのまま隔離すべきだと主張していたタイプの惑星だった」

「大勢が人質になりましたね」と、ディアナ・トロイ。低い声だ。

同席者全員がトロイに目を向けた。

トロイは、テーブルに目を伏せたまま言った。

「カウンセラー訓練の一環として、デネヴァ事件のホロシミュレーションに参加したことがあります。アルファ・ケンタウリの過激な環境保護論者たちが、デネヴァのコロニー化を強行すれば、悲惨な結果に終わるだろうと警告しました。この警告が嘘でないことを証明するため、第一陣のコロニー船を乗っ取って爆薬を仕掛けました。まだ船が軌道上にいる間の出来事です。過激派は、宇宙連邦がデネヴァから手を引かなければ、船もろとも入植者たちを吹き飛ばすと脅しました」

トロイは、スクリーンのピカードを見あげた。艦と同僚への任務を果たすために、懸命に感情を抑えている――それが、ライカーにはわかった。

「宇宙連邦に教訓を与えてやると過激派は言いました。何十年間にもおよぶ環境破壊で入植者が死ぬのを待ってはいられない。入植者が一度に死ねば、当局も見て見ぬふりはできないし、そうなれば宇宙連邦は、やむなく方針を見直すはずだと」

「入植者は何人いたんだ、データ？」と、ライカー。

「六百五十人です。入植船〈アルコン〉の襲撃では、入植者四百八人が命を落としました。宇宙連邦軍も三十二名が死亡し、過激派は全員が死亡しました」

「恐ろしいのは」トロイがつづけた。「どんなシミュレーションを試しても、犠牲者の数を減らせないことです。事件があったのは亜空間通信が発明される前でした。宇宙連邦軍からは何の支援もなく、ほかの艦とも、まったく連絡が取れませんでした」

トロイは、これまでに罪なくして命を落としたすべての人質の死は自分の責任だとでもいうかのように、ため息をついた。

「デネヴァ事件の過激派は狂信者だ」と、ピカード。厳しい口調だ。「連中には最初から入植者を解放するつもりはなかった。自分たちは本気だということを見せたかっただけだ。見せしめが必要だったからだ。目的のためには、どんな邪魔をも許さなかった」

ピカードが何を念頭に置いているか、ライカーは気づいた。

「いま起こっていることも同じだとお考えなのですか？　今度は、ウイルスでそれを行なっていると？」

「そうだ」と、ピカード。「ウイルスの影響で、宇宙連邦の農業が壊滅的な打撃を受ける——これはシンメトリストが警告した環境災害そのものだ」

「では、デネヴァの人質事件はシンメトリストのしわざだったのですか？」と、ロルク大尉。

「シンメトリストの組織から分離した過激派が、犯行声明を出した。その後、五十年ほどは、シンメトリストは反体制派の科学者グループの中で活動しながら、自分たちの存在を世間に示していた。だが、その中の過激分子が環境テロ計画の実行を決めたころから、やつらは変化した」

データが時期を明確にした。

「記録では、二二四八年までにシンメトリストは組織として存在しなくなりました。過激派が見かぎり、離れていったからです」

ライカーは腑に落ちなかった。

「艦長、それは百二十五年前のことでしょう。シンメトリスト運動の後継者たちが、この間ずっと地下にもぐって活動していたとおっしゃるのですか？」

ピカードの顔が仮面のようにこわばった。どうやら、知っていることを何でも話すつもりではないらしい。艦長は、次の言葉を慎重に選んだ。

「副長（ナンバー・ワン）、きみは忘れているようだな。シンメトリスト運動の発祥地はヴァルカンだ。二世紀前の草創期にこの運動のメンバーだった個人が、今でも生きているはずだ。ストロンも一味だったことを考えると、まったく新しい世代も、この運動に引きこまれている可能性がある」

ラ＝フォージュが、ヒューと低く口笛を吹いた。

「すると艦長は、このウイルス汚染はただの……ただの見せしめだとおっしゃるんですか？　宇宙連邦に見せつけるためにやっていると？　それもヴァルカン人のテロリスト集団が……？」

艦長が隠そうとしているのは、いったい何なのだろう？　ライカーは首をひねった。艦（ふね）

が危機に直面していないときのピカードは、クルーに積極的に反論させる。航宙艦のような複雑な組織では、能率的な手段だ。だが、今のピカード艦長は、ラ＝フォージュの態度を歓迎していない。もしかしたら艦長は、現在のシンメトリストとつながりのあるヴァルカン人に心当たりがあるのだろうか？

　ライカーはラ＝フォージュの視線をとらえて、あまり深入りしないよう目で合図しようとした。だが、ピカードの返事のほうが一瞬、早かった。

「ミスター・ラ＝フォージュ、わたしが言っているのは、このウイルス汚染が、過去にシンメトリストが行なったテロ行為に似ているということだ。もっとも、規模は今度のほうがはるかに大きい。そこできみたちに訊きたい。もしテロ行為だとすれば、テロを行なうのに、なぜアルタ・ミストが重要なのだ？　シンメトリストたちはアルタ・ミストをどこへ運ぼうとしていると思うかね？」

　ラ＝フォージュは艦長の口調だけで充分、お灸をすえられたと感じたようだ。目をこすっている。ライカーにとっては異様な光景だ。ライカーはラ＝フォージュのバイザーが、ぶきみな青い回路構成の人工眼に代わったことに、まだ慣れていない。

「アルタ・ミストを通じてウイルスが広がったからではないでしょうか？」と、ラ＝フォージュ。少々、やけっぱち気味だ。「そうに違いありません」

「いや、それは違うな」と、ピカード。「アルタ・ミストは、アルタ・ヴィスタ3にしか存在しない。宇宙連邦軍は、汚染されたすべての星系で詳細な生物検査を実施した。ほかにもアルタ・ミストがあれば、半年前、われわれの耳に入っているはずだ」

「シンメトリストは、ウイルス汚染の広がり具合を測定したかったのかもしれません」と、データ。

「それも無理だ」と、ピカード。「〈ベネット〉を捕えたとき、ストロンは宇宙連邦の通信をすべて傍受したと言った。シンメトリストほど用意周到なテロ集団なら、たしかにやるかもしれない。だがウイルス汚染の広がり具合をわざわざ自分たちで測定する必要はない。宇宙連邦軍の検査結果を、傍受すればすむことだ」

ライカーは、渋い表情で艦長に微笑みかけた。

「言いかえれば、われわれはひとつの宙域に三つの謎を抱えこんだわけですな」

「しかも、三つともつながりがある」と、ピカード。

ドクター・クラッシャーに突然、何かがひらめいたようだ。

「アルタ・ミストの謎はしばらく置いといて、ここで肝心の問題を考えたらどうかしら。もし、このウイルスにシンメトリストが関わっているとしたら、その人たちはどこにいるの？」

ウォーフそっくりの口調で、ロルクがわかりきった答えを言った。

「どこか安全な場所に隠れているんでしょう」

「もっともな答えだ」と、ピカード。「だが、本物のシンメトリストなら、まっさきに言うだろう。宇宙連邦の中には、どこにも安全な場所はないと」

そのとき、トロイが椅子の中でビクンと上体を起こした。

「恐怖だわ」

全員の目がトロイに集中した。

「欠けていたのはそれだわ！」トロイはスクリーンのほうを向いた。「艦長――キンケードがステーションを爆破したとき、わたくしはキンケードの恐怖を感じ、ストロン夫妻や……爆発に巻きこまれた全員の恐怖を感じとりました。でも……あの小惑星の近くで〈エンタープライズ〉が〈ベネット〉を捕えたとき、わたくしが感じたストロンの感情は……緊張だけでした。ストロンは、自分が苦境に立たされているとは知っていましたが、生命が脅かされるほど危険だとは思っていませんでした。

わたくしは、ストロンはヴァルカン人なので、感情を押えているのだと思いました。でも今、生命維持装置の完備したあの気泡が発見され、ストロンの反応は当然だったのだと知りました。ストロンは〈ベネット〉から脱出できると知っていたのです。死ぬか生きるかという状況ではなかったのです」

トロイは言葉を切った。この部屋と〈ガリレオ〉にいる全員が、トロイに話をつづけてほしいと思っている。だが、トロイの思考と感情の流れを乱すことを恐れて、誰も口をはさまなかった。

トロイが、ふたたび話をつづけた。

「間違いありません。わたくしはストロンやキンケードとの会話のすべてに立ち合い、ウイルスのことや、ウイルスが宇宙連邦に与える影響について、ふたりが言った言葉を聞きました。でも、その中で……」トロイは黒い瞳を輝かせ、熱っぽくスクリーンを見つめた。「死の恐怖を感じとったことは一度もありませんでした」

ラウンジ内を沈黙が支配した。トロイの報告の重大さは、全員の胸に浸透した。

やがて、ピカードが明白な結論でしめくくった。発見の興奮に顔を紅潮させている。

「あの連中はウイルスを恐れていなかった。つまり、シンメトリストは治療法を知っているということだ」

この衝撃的な発見に、ライカーは安堵した。このウイルスは宇宙連邦への弔鐘にはならない。ウイルスの蔓延も抑えられる。だが、その治療法はどこにあるんだ？　それを探すには、銀河の二つの象限の全範囲を捜索しなければならない。いったい、どうやって見つけだせばいいのか？

さいわい、すでに艦長はこの問題に結論を出していた。

「治療法を見つけるには、まずシンメトリストを捜しだすことだ。その出発点としてもっともふさわしいのは、シンメトリスト発祥の地だ」

ライカーは立ちあがった。解散命令が出るのを待つ間さえもどかしい。艦長の推理には議論の余地がない。

二分もたたないうちに、〈エンタープライズE〉は宇宙を切り開き、きらめく光となってワープ空間を疾走した。めざすのは、すべての発端となった場所だ。

おそらく、そこが決着の場となるだろう——そうライカーは期待した。

〈エンタープライズ〉は一路、ヴァルカンへ飛んだ。

22

「緊急事態の概要を述べてください」

科学艦〈トビアス〉の医務室で突然、目の前に緊急医療ホログラムが現われて問いかけた。驚いたカークは跳びさがり、ム＝ベンガにぶつかった。「そいつはいったい、何者だ？」と、カーク。

「いま何とおっしゃいましたか？」と、ホログラム・ドクター。人格のないホログラムのくせに、苦虫をかみつぶしたような顔をしている。

「これは補助の医療プログラムです」と、ム＝ベンガ。「人手が足りないので、たくさんの仕事を抱えているときは、このホログラム・ドクターがいてくれると助かるんです」

カークは医務室の中を見まわした。小さな部屋だ――カークが〈エンタープライズ〉の艦長だった二十三世紀の標準的な医務室よりも小さい。それに今は、それほど混んではいない。ム＝ベンガはスポックの切り傷やすり傷を治療しており、クリスチン・マクドナルドは壁から引き出した洗面台で顔や身体の汚れを落としている。あとは、カークとホログラム・ドクターがいるだけだ。

なにが緊急事態だ。

「いったい、どんな仕事を抱えているのかね？」と、カーク。

カークは、タロックの屋敷での戦闘と追跡で疲れきっていた。まだ息切れしている。だが、身体を張った闘いのあとは、むしろ爽快な気分だ。チャルの上空で、機械だけに頼って戦ったときより、ずっと心地よい。

オリオンの戦闘艇と戦ったときのカークは、あやつり人形を動かしている気分だった。自分がコンピューターになったように夢中でボタンを押し、方向や速度を変える命令を出しつづけていただけだ。

航宙艦は人類が銀河へ飛び出す扉を開いてくれた。しかし、ある時点から、それまでは道具だったテクノロジーがテクノロジーそのもののためのテクノロジーに変わってしまったような気がする。

おそらく宇宙連邦の中で、カークほど機械を崇拝しすぎることに対する恐れを感じている者はいないだろう。今でもカークは、自分の体内を動きまわる超微小ロボットの冷酷非情な感覚を――身体を蝕み、未知のプログラムに従って身体を改造してゆく感覚を――思い出す。

このホログラム・ドクターを見ると、ボーグの本拠地を脱出したあと、自分の身に起こったことを思い出して落ち着かない。なぜ必要もないのに、こんなものが現われたのだろう？

ドクター・ム＝ベンガは何か別のことを考えているらしい。

「抱えている仕事というのは、カーク艦長のことです」と、ム＝ベンガ。

「おれのこと？」

ム＝ベンガは、スポックの腕の切り傷に器具を走らせていた手を止めた。小さな傷のまわりで緑色の血が固まっている。その下の肉の部分は、すでに治療フィールドで結合されていた。

「わたしは、ヴァルカン人を診ることならできます」と、ム＝ベンガ。

「曾祖父さんのようにかね？」と、カーク。

カークは、自分が艦長をしていた〈エンタープライズ〉で医務士として立派な働きをしてくれたドクター・ム＝ベンガを思い出した。あのドクター・ム＝ベンガは、ヴァルカン医学を学んだ最初の地球人医師だった（『最後の栄光』収録「小さな戦争」参照）。

「ヴァルカン医学はわが家の伝統です」と、ム＝ベンガ。「でも、カーク艦長を診るとなると」

「おれは元気だ」と、カーク。「これまでにないくらい元気さ」

ム＝ベンガは、わざとらしく咳払いした。カークは、患者の口ごたえを嫌ったもう一人のドクターを思い出した。

「記録によれば、カーク艦長は百四十歳です。艦長がどのようなご気分か、どのような健康状態かも、わたしには未経験の領域です」

クリスチンが口をはさんだ。「ボーンズ、ピカード艦長の報告にあった一時的な異常は大した問題じゃないわ」

「そりゃ、どうも」と、カーク。

だが、ム＝ベンガは一歩も譲らなかった。「カーク艦長にとっては、ご自分が死にかけていらっしゃっても〝大した問題じゃない〟んでしょうね」

カークは、どこから話しはじめればいいのかわからなくなった。そこで、いつも困ったときにいちばん頼りになる方法を取った。

「スポック、代わりに説明してくれ」

スポックは、治療のすんだ腕から乾いた血をきれいに払い落とした。

「わたしには説明できません」

「どういう意味だ、スポック？」

「カーク艦長……」スポックは言いよどんだ。「提督……」これでは、しっくりこない。やはり、呼び慣れた言葉を使った。「艦長——われわれが最後に会ったのは二年前です。わたしの知るかぎり、あのときの任務は今でもまだ宇宙連邦軍の最高機密扱いのはずです。たとえここだけの話だから何を話してもいいと言われても、あのあと二年の間に艦長の身に何があったのか、わたしには見当もつきません」

カークは気づいた。この窮地を脱する方法はひとつしかない——反撃に出ることだ。「ドクター・ム＝ベンガ、機密うんぬんはともかく、おれは百四十歳ではない。〈エンタープライズB〉の進宙式に出席したときは六十歳だった。ヴェリディアン3でピカード艦長を救ったのも同じ六十歳のときだ。あれから二年しかたっていない。だから、おれは六十二歳だ」カークはホログラム・ドクターをジロリとにらみつけた。「ホログラムに健康診断してもらう必要はない」

ム＝ベンガは肩をすくめた。

「わかりましたわ。六十二歳なら、わたしにも診察できます。衣服を脱いでください」

カークは、こういう口調が苦手だ。「きみたちは……スキャナーを使わないのか？　医療トリコーダーは？」

「わたしのことは昔の田舎医者と思ってください」ム＝ベンガは獲物に襲いかかる肉食動物のような笑みをうかべた。備品の入った引き出しから消毒手袋を取り出し、警告するようにビシッと鳴らして、手にはめた。「機械に頼らないやりかたのほうが好きなんです」

まんまとやられた——と、カークは思った。なぜかはわからないが、ム＝ベンガ医務長はどうしてもおれの医療報告を作成したいらしい。航宙艦の艦長といえども艦医には勝てない。カークも、とうの昔から、そのことを知っている。

「考えなおしたよ。やっぱり、ホログラム・ドクターに診てもらおう」と、カーク。

「お役に立てて光栄です」と、ホログラム・ドクター。

勝った——ム＝ベンガの皮肉な笑いがそう言っている。

「ご協力に感謝しますわ」ム＝ベンガは、ほかのみんなに出ていくよう身ぶりした。「もちろん患者のプライバシーは尊重します」

ム＝ベンガ、クリスチン、スポックの三人が部屋を出ようとすると、カークはスポックを呼びとめた。

「きみと話したい」と、カーク。「あれからのことをな」

医務室のドアが閉まる直前にクリスチンがチラリと振りかえり、一瞬、カークと目を合わせた。室内にはカークとスポックだけが残った。

ホログラム・ドクターが医療探査器を手に持ち、カークに近づいてきた。「『アーン』と口を開けてください」と、ホログラム・ドクター。

「きみを消す方法はあるのか？」と、カーク。

「ええ、いくつかあります」

「一番いい方法を教えてもらえないか？」と、カーク。

「それはできません」と、ホログラム・ドクター。

カークは「アーン」と口を開けた。ホログラム・ドクターが表示を調べるのに忙しくなると、カークはスポックのほうを向いた。どうしても訊かねばならないことがある。だが、答えを聞くのが怖い。

「どうしてる……マッコイは？」

一瞬、スポックは渋い顔をした。カークは最悪の答えを覚悟した。だが、思いがけない答えが返ってきた。

「わたしは、リグリーの歓楽惑星で催されたドクター・マッコイの百四十六歳の誕生パーティーに出席しました」

「リグリーの歓楽惑星だと？　ドクターの……〝歓楽〟とは何だ？」

スポックの表情がますます渋くなった。「踊り子たちです。わたしはドクターに、その歳（とし）で、そのような振るまいをするのは見苦しいと忠告しました」

「そしたら……？」

「ドクターはわたしにこう言いました――この歳で、まだ息をしているばかりか、何でも好きなことができるんだぞ。好きなように誕生日を祝ってどこが悪い」

カークはニヤリと笑った。この旧友たちはこれだけの歳月を経（へ）ても、まだ口ゲンカを楽しんでいる。しかも口ゲンカするごとに、さらに友情の絆（きずな）を強めているらしい。

「その誕生パーティーに出席できなくて残念だった」と、カーク。心から、そう思った。

「ドクターは、百五十歳の誕生日に何か特別なことを計画しているそうです」と、スポック。「何かは教えてくれませんが、きっとわれわれ二人は招待されるでしょう」

カークは一瞬、痛みにたじろいだ。ホログラム・ドクターが、カークの腕を力まかせにねじっている。

「現代の地球人は、そんなに長生きするのか？」と、カーク。

「ドクター・マッコイの場合は、わたしへの面当（つら）てのために長生きしているのだそうです」

「いててっ！」と、カーク。肩甲骨（けんこうこつ）がゴキッと鳴り、痛みが走った。カークは思わずホログラム・ドクターにつかまれていた腕を引っこめた。「きみたち医者は人を楽にするのが仕事だろう」

「ほほう、このわたしに仕事のやりかたをご指導なさるおつもりですか？　いったい、艦長は何年間の医療訓練をお受けになったのです？」

「きみはホログラムだ」と、カーク。「きみのほうこそ何年間の訓練を受けたんだ？」

「わたしのプログラミングに貢献した医療専門家全員の訓練年数を合計すると、千七百八年間です」と、ホログラム・ドクター。自分の答えがひどく気に入った様子だ。それがまたカークの癇(かん)にさわった。「どうしました？　威勢よく言い返さないんですか？　天下の英雄ジェイムズ・T・カークともあろう人が、ただの機械ごときに言い負かされて――」

パッと光がきらめいて、いきなりホログラム・ドクターの姿が消えた。

カークが振り返ると、医療コンピューターの横にスポックが立っていた。指がボタンの一つを押している。

「魅惑的だ」と、スポック。「〈オフ〉のスイッチがありました」

カークは安堵(あんど)のため息をついた。「また、やってくれたな。大したもんだ」

スポックは、辛抱づよく説明を待った。

「また、おれを救ってくれた」と、カーク。

「たかが緊急医療ホログラム(EMH)のスイッチを切ったくらいで――」

カークが片手を上げたので、スポックは沈黙した。

カークは医務室をさっと見まわした。

「ここの装備は万全だと思うか？　マッコイの医務室のように完備しているんだろうか？」

スポックはわかったと言うようにうなずき、カークといっしょに備品の入った戸棚を物色しはじめた。ついに、カークはジャック・ダニエルズのボトルを見つけた。マノゼク12産のものだが、ラベルによると、樽に使われたオーク材は火星の森に生えていたオークをクローン化したものらしい。少なくとも、地球と同じ太陽系のものだ。

カークは、二つのグラスにウイスキーを注いだ。

スポックは文句も言わずに乾杯した。

「この場にいない友人たちに乾杯」と、カーク。

「ドクター・マッコイに乾杯」と、スポック。

しばらく、二人は無言で立ちつづけた。カークとスポックの人生と経歴は、これまで密接にからみ合ってきた。ときには、二人で一つの力となって宇宙を駆けめぐっていると感じた。生還できて本当によかった——カークは思った。次のチャンスがあと何回めぐってくるかは見当もつかない。だから、この機会を最大限に生かしたい。

残された一日一日を精いっぱい大切にしたい。

カークは、手に持ったグラスの中でウイスキーが渦巻く様子を見つめた。

「で、これからどうする？」と、カーク。

「今は待つしかありません」と、スポック。「スレルがタロックの屋敷で科学捜査班の指揮をとりながら、タロックの屋敷のコンピューターからデータを引き出しています。タロックやわたしの両親、それにタロックが言っていた〝大義〟に関わりのある人物がわかるかもしれません」

「〝大義〟だと？　何のことだ？」と、カーク。

「わたしにもわかりません」

スポックはカークに今までのいきさつを語った。バベル小惑星で父サレック大使の元首席補佐官メンドロッセンのホログラム記録を受け取り、父サレックが殺されたらしいと知ったこと……スレルとともに一連の証拠を追って故郷のヴァルカンに戻り、父サレックの屋敷を訪れ、陰謀の匂いのするこの事件の手がかりを探すうちにタロックの屋敷にたどり着いたこと……おそらくタロックの言った〝大義〟という言葉がその謎を解く鍵であること……。

「しかし、ごらんのとおり、それ以上のデータがないため、途方に暮れているところです」と、スポック。

「〝大義〟か……」と、カーク。「どこかで聞いたような気がするな。なぜだろう？」

「いろいろな場合に広く一般的に使われる言葉です」と、スポック。「この言葉自体には、ほとんど何の情報も含まれません」

スポックは用心深くウイスキーを一口だけ飲んだ。

「以前のきみは、酒を飲まなかった」と、カーク。

スポックは、もう一口のんだ。

「まだ、お話を聞かせていただいておりません。どうやってボーグの本拠地から脱出し、どうやって超微小ロボットを体内から取り除いたのですか？」

カークは椅子を見つけて机のところまでひっぱってきた。スポックもそうした。

「ボーグ集合体の中核（セントラル・ノード）での出来事は、ピカード艦長から聞いたはずだ」と、カーク。

「艦長がピカード艦長を〝殴った〟――ピカード艦長の言葉を借りれば――ところまでは聞いています。その直後にピカード艦長は艦（ふね）にビーム転送されました。〝まったく自分の意志に反して〟だったということです」

「ピカードは、いいやつだ」と、カーク。「伝統をよく守っている。ただちょっと、何と言ったらいいか……あまりにも教科書どおりなんだ」

「〝教科書〟には、仲間の士官の顎（あご）を殴っていいとは書かれていないはずです」

「二十四世紀の教科書にはな」

「ボーグの本拠地に話をもどしますが」と、スポック。「艦長はボーグ集合体の中核（セントラル・ノード）におられ、ピカード艦長をビーム転送なさいました。そのあと、何が起こったのですか？　レバーをお引きになったのですか？」

ついに話すときがきた――とカークは気持ちを引き締めた。カークは根っから現在を生き、つねに未来へ向かって旅をする男だ。だが、ときには過去へさかのぼらねばならないこともある。

今がそうだ。

「おれはレバーを引いた」と、カーク。

ついに、あの話を語るべきときがきた。

若き勇者の冒険をえがく傑作宇宙SF

銀河の荒鷲シーフォート

デイヴィッド・ファインタック／野田昌宏＝訳

偶然の事故から、弱冠17歳で宇宙軍軍艦艦長となったニコラス・ユーイング・シーフォート。星間に孤立する艦のなか、全力を尽くして責務を果たそうとするかれに、人類の命運をかけた難題がつぎつぎと襲いかかる……！　若き宇宙軍士官の挑戦と成長を描き、『大いなる旅立ち』でキャンベル賞に輝いた傑作SFシリーズ！

大いなる旅立ち（上・下）

チャレンジャーの死闘（上・下）

激闘ホープ・ネーション！（上・下）

決戦！　太陽系戦域（上・下）

突入！　炎の叛乱地帯（上・下）

アーサー・C・クラーク

海底牧場
高橋泰邦訳
不治の広所恐怖症のため、海で新たな人生を送ると決めた宇宙飛行士の姿を描く海洋SF

渇きの海
深町眞理子訳
月面上で地球からの観光客を満載したまま、砂塵の海ふかく沈没した遊航船を救出せよ!

幼年期の終り
福島正実訳
突如地球に現われ、人類を管理した宇宙人の目的とは? 新たな道を歩む人類を描く傑作

白鹿亭綺譚
平井イサク訳
ロンドンのパブに集まる男たちが語る、荒唐無稽で奇怪千万な物語。巨匠のユーモアSF

天の向こう側
山高 昭訳
宇宙ステーションで働く人々の哀歓を謳いあげた表題作ほか、SFの神髄を伝える作品集

ハヤカワ文庫

R・J・ソウヤー＋J・A・ガードナー

さよならダイノサウルス
ロバート・J・ソウヤー／内田昌之訳

恐竜が滅んだ謎を解明するべく、タイムマシンで過去へ赴いた古生物学者が見たものは？

〈ネビュラ賞受賞〉ターミナル・エクスペリメント
ロバート・J・ソウヤー／内田昌之訳

コンピュータの中に作った精神の複製が、連続殺人を犯していく！　傑作ＳＦミステリ。

スタープレックス
ロバート・J・ソウヤー／内田昌之訳

地球人と異星人合同の調査船スタープレックス号の心躍る驚異の旅を描きだす、冒険ＳＦ

プラネットハザード
―惑星探査員帰還せず―〔上〕〔下〕
ジェイムズ・アラン・ガードナー／関口幸男訳

消耗品扱いをうける惑星探査員フェスティナが送りこまれた帰還率ゼロの惑星とは……!?

ファイナルジェンダー
―神々の翼に乗って―〔上〕〔下〕
ジェイムズ・アラン・ガードナー／関口幸男訳

神々の手で性別が選択される村に、異様なよそものが現われたが……謎と波瀾の冒険ＳＦ

ジェイムズ・ティプトリー・ジュニア

〈ヒューゴー賞／ネビュラ賞受賞〉
愛はさだめ、さだめは死
伊藤典夫・浅倉久志訳

冬の到来に怯える異星人、コンピュータに接続された女の悲劇など、衝撃にみちた傑作集

たったひとつの冴えたやりかた
浅倉久志訳

そばかすいっぱいの元気少女コーティーは憧れの宇宙に旅立つ……愛と勇気を謳う感動篇

〈ヒューゴー賞／ネビュラ賞受賞〉
老いたる霊長類の星への賛歌
伊藤典夫・友枝康子訳

太陽フレアに巻きこまれた宇宙船の乗員が体験した異様な事態とは？　七篇収録の短篇集

故郷から一〇〇〇〇光年
伊藤典夫訳

壊滅した地球から時間の乱流に投げだされた男は、故郷めざし歩きだすが……第一短篇集

〈ネビュラ賞受賞〉
星ぼしの荒野から
伊藤典夫・浅倉久志訳

知的生命体エンギと少女との心温まる交流を描く表題作をはじめ全十篇を収録した短篇集

アイザック・アシモフ

ミクロの決死圏
高橋泰邦訳

脳出血で倒れた科学者を救うべく、ミクロ大に縮小された医療隊がその体内へ突入する！

ミクロの決死圏2―目的地は脳―〔上下〕
浅倉久志訳

物体ミクロ化実験に参加した神経物理学者モリスンが人体内でたどる、驚異と冒険の旅路

アシモフのミステリ世界
小尾芙佐・他訳

デビュー作「真空漂流」をはじめ、地球や宇宙空間を舞台にしたSFミステリ十三篇収録

夜来たる
美濃　透訳

惑星ラガッシュに二千年に一度の夜が訪れた時、何が起こるのか？　表題作ほか四篇収録

サリーはわが恋人
稲葉明雄・他訳

陽電子頭脳を搭載した夢の車サリーを盗もうとする男……表題作をはじめ、十五篇を収録

アイザック・アシモフ

ロボットの時代
小尾芙佐訳

キャルヴィン博士が行方不明のロボットをめぐる難事件を解決する物語などを収録する。

停滞空間
伊藤典夫・他訳

四万年前からやってきたネアンデルタール人の少年と世話係の女性を描く表題作など収録

火星人の方法
小尾芙佐・浅倉久志訳

水の供給制限を宣告された火星の人々がとった火星ならではの対抗策とは……？　傑作集

木星買います
山高　昭訳

銀河の彼方から地球を訪れた異星人の珍妙な申し出の目的は……表題作ほか二十四篇収録

地球は空地でいっぱい
小尾芙佐・他訳

万能ロボットを使う人妻、過去を覗く機械……過去から未来までの地球を描きだす傑作集

ハヤカワ文庫

アイザック・アシモフ

〈銀河帝国興亡史1〉
ファウンデーション
岡部宏之訳

第一銀河帝国の滅亡を予測した天才数学者セルダンが企てた壮大な計画の秘密とは……？

〈銀河帝国興亡史2〉
ファウンデーション対帝国
岡部宏之訳

設立後二百年、諸惑星を併合しつつ版図を拡大していくファウンデーションを襲う危機。

〈銀河帝国興亡史3〉
第二ファウンデーション
岡部宏之訳

第一ファウンデーションを撃破した恐るべき敵、超能力者ミュールの次なる目標とは……

〈銀河帝国興亡史4／ヒューゴー賞受賞〉
ファウンデーションの彼方へ〔上下〕
岡部宏之訳

謎に包まれた第二ファウンデーションの探索のために旅立った青年議員トレヴィズの冒険

〈銀河帝国興亡史5〉
ファウンデーションと地球〔上下〕
岡部宏之訳

人類発祥の惑星——地球を探索する旅に出た議員トレヴィズがようやく発見したのは……

ハヤカワ文庫

アイザック・アシモフ

〈銀河帝国興亡史6〉
ファウンデーションへの序曲〔上下〕
岡部宏之訳

人類の未来を予言する心理歴史学によりファウンデーションの祖となったセルダンの冒険

〈銀河帝国興亡史7〉
ファウンデーションの誕生〔上下〕
岡部宏之訳

ファウンデーション創立をめざす心理歴史学者セルダンを描く壮大な宇宙叙事詩完結篇。

宇宙気流
平井イサク訳

惑星フロリナが消滅する!? 驚くべき通信を残し消息を絶った空間分析家失踪の謎を描く

宇宙の小石
高橋　豊訳

遥か未来、全銀河は帝国の支配下にあった。放射能にまみれた地球をおそう陰謀とは……

ネメシス〔上下〕
田中一江訳

太陽からわずか二光年の距離で発見された未知の恒星ネメシスには恐るべき秘密が……!

ハヤカワ文庫

訳者略歴　1935年生，明治大学政治経済学部卒，英米文学翻訳家　訳書『銀河おさわがせマネー』アスプリン，『竜魔大戦』ジョーダン，『カーク艦長の帰還』シャトナー，『ヨブ』ハインライン（以上早川書房刊）他多数

HM=Hayakawa Mystery
SF=Science Fiction
JA=Japanese Author
NV=Novel
NF=Nonfiction
FT=Fantasy

新宇宙大作戦

サレックへの挽歌（ばんか）

〔上〕

〈SF1318〉

二〇〇〇年七月　十　日　印刷
二〇〇〇年七月十五日　発行

（定価はカバーに表示してあります）

著　者　ウィリアム・シャトナー
訳　者　斉藤伯好（さいとうはくこう）
発行者　早川　浩
発行所　株式会社　早川書房

郵便番号　一〇一－〇〇四六
東京都千代田区神田多町二ノ二
電話　〇三－三二五二－三一一一（大代表）
振替　〇〇一六〇－三－四七七九九
http://www.hayakawa-online.co.jp

印刷・三松堂印刷株式会社　製本・株式会社川島製本所
Printed and bound in Japan
ISBN4-15-011318-1 C0197